TUDO OU NADA

Obras da autora publicadas pela Galera Record:

Série Era outra vez

A mais bela de todas
Se o sapatinho servir
Tudo ou nada

10 coisas que nós fizemos (e provavelmente não deveríamos)
Feitiços e sutiãs
Sapos e beijos
Férias e encantos
Festas e poções
Me liga

Sarah Mlynowski

Era outra vez
LIVRO 3

TUDO OU NADA

Tradução de
MARIA P. DE LIMA

1ª edição

GALERA
junior
RIO DE JANEIRO

2016

CIP-BRASIL. CATALOGAÇÃO NA PUBLICAÇÃO
SINDICATO NACIONAL DOS EDITORES DE LIVROS, RJ

Mlynowski, Sarah
M681t Tudo ou nada: Era uma vez, volume 3 / Sarah Mlynowski; tradução Maria P. de Lima. – 1ª ed. – Rio de Janeiro: Galera Record, 2016.
(Era uma vez; 3)

Tradução de: Sink or swim
ISBN 978-85-01-10590-5

1. Ficção juvenil canadense. I. Lima, Maria P. de. II. Título. III. Série.

15-28971 CDD: 028.5
CDU: 087.5

Título original em inglês:
Sink or swim

Copyright © 2013 by Sarah Mlynowski

Publicado originalmente por Scholastic Inc. SCHOLASTIC e logos associados são marcas e/ou marcas registradas de Scholastic Inc.

Todos os direitos reservados. Proibida a reprodução, no todo ou em parte, através de quaisquer meios. Os direitos morais do autor foram assegurados.

Design de capa: Marília Bruno

Texto revisado segundo o novo Acordo Ortográfico da Língua Portuguesa.

Direitos exclusivos de publicação em língua portuguesa somente para o Brasil adquiridos pela
EDITORA RECORD LTDA.
Rua Argentina 171 – Rio de Janeiro, RJ – 20921-380 – Tel.: 2585-2000,
que se reserva a propriedade literária desta tradução.

Impresso no Brasil

ISBN 978-85-01-10590-5

Seja um leitor preferencial Record.
Cadastre-se e receba informações sobre nossos lançamentos e nossas promoções.

Atendimento e venda direta ao leitor
mdireto@record.com.br ou (21) 2585-2002.

Para Anabelle, minha princesinha

Capítulo um

Meus pais estão no caminho

Devo colocar um maiô na bolsa?

Sim, definitivamente.

Enfio meu maiô — é azul-bebê, com babados brancos — na minha bolsa vermelha. Vou visitar minha avó em Chicago! Mal posso esperar. Minha avó é a melhor avó. Chicago é a melhor cidade. E, sim, eu sei que está frio para nadar em Chicago, mas minha avó vive em um apartamento com piscina aquecida e jacuzzi.

Não sou muito chegada a piscinas. Também não sou a melhor nadadora do mundo.

Mas jacuzzi? Eu adoro uma jacuzzi. Como não amar uma banheira gigante e borbulhante, que faz com que todos os seus problemas desapareçam?

Eu e minha mãe voaremos para Chicago na sexta-feira, daqui a três dias apenas. É feriado, então não vou perder nenhum dia de aula. Isso é importante, porque não gosto de faltar à escola. Presto bastante atenção na aula e gosto de ouvir tudo o que os professores dizem. Também não gosto de dar a chance aos meus novos amigos para que se esquecerem de mim.

Até agora eu pus na bolsa:

- O maiô;
- Duas calças (uma jeans e uma legging preta de stretch);
- Três calcinhas;
- Três tops (um moletom roxo com capuz, um suéter branco e uma blusa verde-clara com gola);
- Dois pijamas (o laranja e o azul-marinho — não são os meus favoritos, mas praticamente são os que eu tenho; estou com poucos pijamas).

E por que estou com poucos pijamas? Quando o espelho mágico do nosso porão levou a mim e ao meu irmão, Jonah, para Zamel (onde conhecemos a Branca de Neve), acidentalmente deixei para trás meu pijama verde-limão. Depois, quando o espelho mágico do nosso porão nos levou para Flom (onde conhecemos Cinderela), deixei lá sem querer meu pijama de bolinhas cor-de-rosa e roxas.

Sim, temos um espelho mágico no nosso porão. Já estava na casa quando nos mudamos.

Abro a minha caixinha de joias. Minha avó me deu um colar de madrepérolas lindo quando completei dez anos, e acho que devo levá-lo. Eu na verdade não entendo a diferença entre pérola e madrepérola, para ser sincera. Mas minha avó disse que madrepérola era mais adequada para a minha idade. Pessoalmente, acho que deviam chamar de menina-pérola, já que assim seria mais apropriado. De todo modo, normalmente não uso o colar para ir à escola porque tenho medo de que ele fique preso em alguma coisa e as madrepérolas saíam voando pela sala. Mas na minha bolsa ele estará seguro.

Minha avó também me deu a caixinha de joias. Do lado de fora tem ilustrações de todas as princesas dos contos de fadas. Tipo a Rapunzel e suas longas tranças, a Pequena Sereia e sua cauda, Cinderela e seu chapéu de cozinheira e Branca de Neve com meu pijama verde-limão. Cinderela e Branca de Neve não estavam vestidas desse jeito antes, é claro. Só depois que eu e Jonah mudamos os finais das histórias delas. E foi por acidente. Não tivemos *intenção* de mudar os contos de fadas. Mas tudo terminou bem, então não é preciso se preocupar.

Com delicadeza, ponho o colar de madrepérolas por cima do meu pijama azul-marinho. Preciso muito fazer compras. Mas o que vou dizer aos meus pais sobre os pijamas que sumiram? Que a secadora de roupas os devorou? Não é como se eu pudesse dizer *a verdade*; Gabrielle, a fada que vive dentro do espelho mágico da Branca de Neve, orientou que não contássemos. Maryrose, a fada que vive dentro do *nosso* espelho, nunca nos dirigiu a palavra — sabe-se lá o que ela pensa, portanto.

Na última quinta-feira, eu e Jonah acordamos um pouco antes da meia-noite com total intenção de conversar com

Maryrose ou fazer com que ela nos levasse para outro conto de fadas.

Nós nos vestimos. Nos esgueiremos pelas escadas. Abrimos a porta do porão.

E percebemos que as luzes estavam acessas.

Meus pais estavam lá.

Meus pais não deveriam estar no porão à meia-noite.

Tudo bem que, tecnicamente, o porão é o escritório deles. Então é claro que eles *podem* entrar lá para trabalhar. Mas como seríamos sugados pelo espelho mágico se nossos pais estavam acordados e bem ao lado dele? Não ia dar. Era um problema.

Por que meus pais estavam trabalhando numa hora ridícula daquelas? Meia-noite? Não, eles não trabalham em uma central de atendimento 24 horas. Também não trabalham para uma padaria nem vão acordar para fazer rosquinhas. Ou brownies. (Ou crownies. Piada interna que só eu, meu irmão e Cinderela entendemos.)

Nada disso. Meus pais abriram a própria firma de advocacia quando nos mudamos para Smithville, há alguns meses. E agora eles têm trabalhado como loucos. Jonah e eu não conseguimos nos aproximar do espelho durante uma semana. Meus pais tinham mais tempo livre quando vivíamos em Chicago.

Sento então na minha escrivaninha e pego meu livro de matemática e o caderno de exercícios. Hora do dever de casa. Essa é a mesma escrivaninha que eu tinha no meu antigo quarto, em Chicago, mas parece diferente — maior — neste meu novo quarto. Ainda estou me acostumando a minha nova casa. E não vou mentir: ajuda ter um espelho mágico.

Também ajuda ter feito novos amigos aqui: Robin e Frankie. Frankie é uma menina, embora eu saiba que pelo nome não pareça. Quando eu tiver uma filha, não vou dar a ela um nome de menino. É muito confuso. No primeiro dia de aula, a Srta. Hellman, professora de educação física, dividiu nossa turma entre meninos e meninas e deixou Frankie com os meninos. Frankie ficou mais vermelha que um tomate.

Mas nós rimos daquilo ainda assim. Nós três: Frankie, Robin e eu, Abby. Somos um trio. Um trio terrível. Ou talvez um trio tremendo. Ou... Não consigo me lembrar de outra palavra que possa substituir incrível e que comece com a letra "t". Seria mais legal se fôssemos quatro. Os quatro queridos. Ou quarteto quantum. Mas ter dois novos amigos é bom. Ter dois amigos é ótimo.

É melhor aceitar de bom grado o que temos, certo? É o que a minha mãe sempre diz. Isso e: não há nada a temer além do próprio medo. E também: quem faz a fama deita na cama.

Que fique claro: eu faço a cama todo dia pela manhã. Diferentemente do meu irmão.

De todo modo, vou usar todas essas expressões quando for juíza. Ah, é. Serei juíza quando crescer. Bem, primeiro serei advogada e depois serei juíza porque a regra é essa.

Finjo que meu lápis é um malhete e o bato contra meu livro de Matemática.

— Essa é minha decisão final! — exclamo bem alto.

Nada mal.

A porta do meu quarto se abre, e Jonah entra cambaleando.

— O que você tá fazendo?

— Dever — respondo.

— Então por que está falando sozinha?

— Porque tive vontade — devolvo, envergonhada por ele ter visto.

Ele se senta na cama e balança as pernas.

— Por que suas coisas já estão na bolsa?

Eu me viro para olhar para ele.

— Por que não estariam? Por que está fazendo tantas perguntas?

— Estou entediado — responde ele. — Quer ver se conseguimos escalar a casa pelas laterais?

— Não, Jonah, não quero. Preciso acabar meu dever e depois quero terminar de arrumar a bolsa. Viajo em três dias, você sabe.

O pai do meu amigo e o filho dele vêm nos visitar esse fim de semana, e por isso eu e minha mãe achamos que seria o momento ideal para ficarmos um pouco sozinhas, só as meninas. Mas, ainda que meu irmão fosse para Chicago, ele é o tipo de pessoa que arruma a bolsa na manhã do dia da viagem, e não três dias antes. Aliás, retiro o que eu disse. Meu irmão simplesmente não arrumaria a bolsa porque meus pais não confiariam nele para tal. Da última vez que viajamos no fim de semana, ele colocou na mochila uma cueca, duas meias e um par de raquetes de frescobol. Nenhuma camiseta. Nenhum jeans. Nenhum sapato.

— Acho que você não precisa arrumar nada — diz ele. — Ouvi a mamãe dizer para o papai que ela está exausta, seu cérebro está confuso, e provavelmente terá que adiar a viagem para Chicago para quando o caso no qual está trabalhando terminar.

Eu dou um pulo da cadeira.

— O quê? Adiar a viagem? *Nããããããooo*!

Ele faz um gesto com os ombrinhos estreitos.

— Desculpa, foi o que ouvi.

— Eles estão no porão?

Jonah concorda com a cabeça.

Saio correndo do quarto e desço dois lances de escada. Jonah está no meu encalço. Chegamos ao porão em, no máximo, dois segundos cravados.

— Mãe! — grito.

Não consigo evitar e dou uma olhada no espelho. Ainda está pendurado na parede com aqueles parafusos imensos, tipo os do Frankenstein. A mesma moldura de pedra com fadas, asas e varinhas esculpidas. Nada havia mudado.

Que bom.

— Sim, querida? — pergunta minha mãe, girando a cadeira a fim de me olhar.

Paro de encarar o espelho antes que meus pais vejam e pensem que aquele é um espelho mágico que nos transporta para dentro dos contos de fadas.

Não, eles provavelmente não iriam concluir isso tudo só porque me viram encarando o espelho. Principalmente quando eles estão tão preocupados com o trabalho que nem notaram que estou sem dois dos meus pijamas, ou que alguns dos seus livros de direito sumiram das estantes. Ou que uma das cadeiras giratórias desapareceu. Na verdade, eles perceberam que faltava uma cadeira, mas acham que deixaram em Chicago. A verdade é que todas essas coisas foram sugadas pelo espelho quando visitamos Branca de Neve.

Enfim.

— Mãe. Por favor, não me diga que cancelaremos a viagem a Chicago. Por favor, por favor, por favor, não faça isso.

— Ah, querida — diz minha mãe, a testa enrugada. — Desculpe. Eu ia conversar com você sobre isso à noite, mas...

— Sem mas! — grito. — É tarde demais para mudar de ideia. A vovó está nos esperando! Já temos as passagens! E eu já fiz a mala!

Bato o pé no chão para dramatizar. Sei que é infantil, mas não consigo evitar.

— Conversei com a vovó mais cedo... ela entende. Disse que podemos ir no próximo fim de semana prolongado. E liguei para a companhia aérea; podemos mudar a data das passagens. Talvez então seu pai e Jonah possam ir também. Ficaremos em um hotel e tudo o mais!

Meus olhos se enchem de lágrimas.

— Eu não quero esperar até o próximo fim de semana prolongado! Vai demorar meses. E não quero ficar em um hotel. Quero ficar com minha avó.

Ela balança a cabeça.

— Desculpe, querida. Mas estou muito ocupada. Tente entender, por favor.

Eu não quero entender. Cruzo os braços. Faço beicinho. Bato os pés mais uma vez só por que estou a fim.

Não quero parecer infantil, mas... mas... *Suspiro.* Sei que minha mãe está ocupada mesmo. E é meu dever, enquanto irmã mais velha, agir com maturidade. Tenho 10 anos, afinal de contas.

— Eu lamento — avisou minha mãe. — Mas é como costumo dizer, melhor ser grata pelo que você...

— Já tem — completo.

Embora, neste momento, seja algo que eu não gostaria de lembrar.

Capítulo dois

Calças zangadas

Naquela noite, eu me debato e me viro, me debato e me viro. Não consigo dormir.

A minha bolsa ainda está arrumada no chão. Vê-la ali só faz tudo parecer ainda pior, mas não tenho coragem de desfazê-la.

São 23h45 e meus pais estão dormindo. Foram se deitar há mais ou menos uma hora.

Humm.

Sinto uma coceira na barriga.

Talvez eu não consiga visitar minha avó, mas definitivamente posso visitar a terra dos contos de fadas.

Eu me sento e afasto as cobertas. Isso aí! Vou visitar a terra dos contos de fadas agora mesmo. Por que não? Estou totalmente acordada. Meus pais não estão no porão. É hoje. Eu sei. Devo ir!

Olho para o pijama que estou usando. Talvez eu deva me trocar, usar roupas normais. Embora, da última vez, o espelho só tenha nos deixado entrar por causa do pijama que eu vestia. Ele tinha uma estampa parecida com a da bandeira de Flom: de bolinhas cor-de-rosa e roxas. Mas como eu vou saber o tipo de roupa que pode nos ajudar a entrar no espelho se eu nem sei para qual história iremos?

Acho que vou ficar de pijama. Assim, se o espelho não nos deixar entrar, posso voltar direto para a cama.

Vejo minha bolsa aberta. Ah! Vou levá-la comigo! Por quê?

1. Costumamos ficar nas histórias por pelo menos dois dias. Eu preciso ter uma roupa sobressalente para usar.
2. A bolsa já está pronta.
3. Talvez alguma coisa que eu tenha colocado ali nos ajude a entrar no espelho.

Então a mala também vai. Coloco meu relógio (da última vez me esqueci de levá-lo e perdi a noção de quanto tempo havia se passado), fecho o zíper da bolsa e sigo para o quarto de Jonah.

Ele está dormindo.

— Ei! — chamo, sacudindo-o devagar. — Mamãe e papai estão dormindo. Vamos ver o espelho.

Ele abre o olho esquerdo e depois se senta.

— Claro! Mas por que você vai levar a bolsa?

— Para ter roupas sobressalentes. Você pode colocar suas coisas aqui também.

Ele sai da cama e desaparece ao entrar no armário.

— Posso levar as raquetes? — pergunta.

Meu irmão é obcecado por frescobol. Eu não sei por quê. Quando estou na praia, gosto de ler e relaxar, e não de ficar correndo atrás de uma bola azul com raquetes de madeira.

— Eu estava pensando em algo do tipo cuecas limpas, jeans e uma camiseta. Quer saber? Vou arrumar para você. Coloque seu tênis.

(Meu tênis já está calçado, e o cadarço, amarrado).

Coloco na bolsa duas cuecas do Batman, um jeans, uma camiseta azul, nossas escovas de dente e uma pasta de dente sabor canela. Depois desço as escadas sem fazer barulho. Levanto minha bolsa para que nenhum ruído acorde meus pais. Está TÃO pesada. Faço um gesto para que Jonah segure a outra alça, mas ele está concentrado demais em não fazer barulho para perceber.

Paro no patamar e inspiro profundamente — não ouço nenhum barulho vindo do quarto dos meus pais. Já chegamos até aqui, não podemos ser surpreendidos agora. Abro a porta do porão, acendo as luzes e descemos os degraus até lá embaixo.

Na nossa frente está o antigo espelho. Ele tem duas vezes o meu tamanho. O vidro é limpo e liso. Eu e meu irmão estamos refletidos nele, é claro. Nós dois de pijama e tênis. Para piorar: estamos usando pijamas preto e branco que combinam. Eu não havia notado isso no quarto escuro de Jonah. Parecemos gêmeos. Ou Oompa Loompas. Ou tipo o Coisa Um e Coisa Dois do Dr. Seuss.

— Parecemos zebras! — diz Jonah.

Seu cabelo castanho e curto está bagunçado. Os fios parecem levantados para todas as direções. Eu ajeito meu próprio cabelo castanho cacheado. Gosto de parecer arrumada. E também não igual a Jonah.

Tento olhar mais intensamente dentro do espelho para enxergar Maryrose. Ela vive lá dentro. Pelo menos, achamos que ela vive lá dentro. Não sabemos muito sobre ela. Só que é uma fada e que, quando batemos no espelho três vezes, ela nos transporta para diferentes contos de fadas. Às vezes. Espero que estejamos — ou que tenhamos — com a roupa certa dessa vez.

— Eu vou bater — diz Jonah. — Está pronta?

É melhor que isso funcione. Vai ser muito desagradável se eu tiver que arrastar essa bolsa de volta pelas escadas.

— Uma...

— Espere! Jonah?

Sua mão congela no ar.

— Quê?

— Vamos tentar não estragar a história de novo, certo? Só queremos visitar e ver o que está acontecendo. Não queremos mudar nada.

— Ahã — diz ele. — Uma...

— Não fale ahã para mim — declaro. — Não quero que você toque EM NADA nem fale COM NINGUÉM. Pelo menos não sem minha permissão. Entendeu?

— Sim, mamãe.

Abano o dedo.

— Nada de estragar a história. É uma regra.

Ele retorce o lábio inferior.

— Qual história você acha que vai ser?

— Hum. Não sei.

— Eu gosto de *João e o Pé de Feijão*. — Seus olhos ficam arregalados. — Seria muito legal encontrar um gigante, né?

Concordo com a cabeça. Contanto que ele não pise na gente.

— Ou Aladim! E voaríamos no tapete mágico.

Voar em um tapete mágico parece assustador. E se a gente cair? Por outro lado, assim eu não precisaria de aviões.

— Poderia pegar o tapete mágico para visitar a vovó.

Jonah dá um gemido.

— Então não posso falar com ninguém nem tocar em nada, mas você pode roubar o tapete mágico e levar para Chicago?

— Eu estava brincando — digo. Mais ou menos.

Ele fica inquieto e joga o peso do corpo de um pé para o outro.

— Pode ser agora?

— Sim. Lembre-se. Nada de tocar.

— A não ser que seja para roubar um tapete mágico.

— Certo. — E balanço a cabeça. — Não. Nada de tocar. Nada de roubar. Nada de nada.

Ele ri.

— Tá bom, tá bom. Posso bater três vezes agora?

— Vai.

Ele bate. Quase que imediatamente ouvimos um assovio. No espelho vemos algo girando, e uma luz roxa ilumina o porão. Um segundo depois, o espelho está nos puxando em sua direção como um aspirador de pó.

— Está funcionando! — exclama Jonah.

— Então vamos lá!

Seguro Jonah pelo braço com uma das mãos, e minha bolsa com a outra. Então entramos no espelho.

Capítulo três

Splash

No instante que atravesso o espelho, sinto água entrar pelas minhas narinas.

O que está acontecendo? Estou em uma banheira? Por que não consigo respirar?

Tudo está nublado, e meus olhos ardem, então fico de olhos fechados. A água é salgada. Água de banheira não é salgada. E estou na horizontal, de bruços, meus cotovelos encostando no chão.

Um chão arenoso.

Preciso de ar! Não consigo respirar! Meus pulmões vão explodir!

Abro os olhos à procura de luz e me forço a ir na direção dela.

E então... *cof*, *cof*, *cof*! Aaaaaahhhhhhhhh.

Ar. Estou respirando. Muito, muito ar. Quem imaginaria que ar pode ter um gosto tão bom? Quem precisa de sorvete quando o ar é tão incrivelmente delicioso?

Assim que termino de me empanturrar de ar — é um bufê com tudo liberado! —, percebo que estou olhando para uma praia. Aqui também é claro, deve ser meio-dia. O que está acontecendo? Eu me viro e vejo que uma onda enorme está prestes a me acertar.

— Não! — grito, e tento, sem sucesso, sair do caminho.

CRASH.

Não, não, não. Eu não vou me afogar! *Cof*, *cof*, *cof*!

Meu coração está acelerado, e me forço a ficar de pé antes que seja atacada novamente. O que está acontecendo afinal?

Eu me viro para a praia. Está deserta. Nada de turistas, nada de castelos de areia, nada de toalhas de praia coloridas. Apenas areia branca brilhando sob a luz do sol do meio-dia. Depois da praia, vejo árvores. E depois delas, montanhas. Quando me viro para o outro lado, o oceano azul se estende até onde os olhos conseguem ver. Até onde meus olhos, que ainda coçam, podem ver, pelo menos. Espere um instante. Uma coisa que meus olhos não veem é meu irmão.

— Jonah! Jonah, onde você está?

Onde ele está? Meu coração afunda até o nível do oceano.

Quando estou prestes a entrar em pânico de verdade, ele surge na água e faz um sinal de positivo em minha direção.

— Foi muito legal, não foi? — grita encharcado, mas sorrindo.

Ele está aqui! Ele está bem! Viva!

— Jonah, venha aqui agora!

— Estou bem! — grita ele de volta.

Diferentemente de mim, meu irmão adora nadar.

Segundo meus pais, quando eu era pequena, não só me recusei a nadar no mar, como chorava histericamente se alguém tentasse me pôr na água. Meus pais. Meu irmão. Estranhos. É claro que superei isso *agora*.

Tipo.

CRASH.

Outra onda me joga de novo na água.

AAAAAAHHHHHH!

Cof, cof, cof!

Certo, tudo bem. Vou admitir: TENHO MEDO DE ÁGUA.

Não de jacuzzis ou banheiras, mas do mar, de lagos e de rios. Também tenho medo de fossos, quando por acaso me vejo diante de um. Basicamente, tenho medo de lugares com água e animais.

Também tenho medo de piscinas.

Elas parecem rasas, mas, de repente, BUM. O chão some, e você está engolindo cloro.

Agora preciso sair do mar, imediatamente, antes que ele me puxe de uma vez por todas. Quando fico de pé, sinto como se meu pijama pesasse cem quilos. Meu tênis não é mais um tênis, mas dois tijolos presos a meus pés.

— Queria saber onde estamos — comenta Jonah, nadando logo atrás de mim. — Você acha que é *João e o Pé de Feijão*?

Ah! Certo! Estamos em um conto de fadas! Deve haver um motivo nos contos de fada para a água, portanto. Eu relaxo.

— Você está vendo algum João ou algum Pé de Feijão? — pergunto. Não existe mar em *João e o Pé de Feijão.*

Ele coça o nariz. Humm, seu nariz está um pouco vermelho. Talvez ele precise de protetor solar. Porcaria, acho que não coloquei isso na bolsa.

Por falar em coisas que eu trouxe... Onde está minha bolsa?

Ando em círculos até que encontro a bolsa a alguns metros, boiando em outra direção.

— Nossas coisas! Temos que pegar a bolsa!

— Vou buscar — avisa meu irmão, mergulhando.

Só que as ondas chegam com rapidez e logo vejo minha bolsa se afastando tanto quanto Jonah consegue nadar.

— Esquece, Jonah!

Não quero que ele se distancie muito. É perigoso demais.

— Mas não quero perder minhas raquetes de frescobol! — grita ele.

— Você não colocou as raquetes na bolsa! — grito também.

— Coloquei sim, quando você não estava olhando!

Agora eu sei por que minha bolsa estava tão pesada.

Então, quando a bolsa não passa de um pontinho vermelho no horizonte, Jonah desiste e volta nadando.

Ótimo. Ótimo mesmo. Não tenho nada para vestir além desse pijama ensopado e tênis que pesam cem quilos. Com um suspiro e muito esforço, eu me arrasto até a areia seca.

SQUASH. Quando tiro um dos tênis, um pedaço de alga e um galão de água e areia saem voando.

Jonah está logo atrás de mim.

— Abby! Estou vendo alguém. É o João? — Ele aponta na direção do oceano.

Ao longe, um borrão se move em nossa direção.

Semicerro os olhos para o mar. E vejo uma cabeça! A cabeça de um menino! Mas não pode ser o João. Ele escala, não nada. E também: João tem mais ou menos a minha idade enquanto esse cara parece um adolescente. Calma! Atrás da cabeça do sujeito, tem outra que fica subindo e descendo na água. É de uma menina. Consigo ver o cabelo louro e comprido. Eles estão chegando cada vez mais perto... e mais perto... e... Ops, é uma menina. E atrás dela tem alguma coisa verde e laranja. Uma toalha? Uma boia?

É brilhante e tem a forma de um triângulo, e me lembra uma ventarola que eu tinha quando era mais nova.

Ah! É uma cauda! A menina tem uma cauda!

O que só pode significar uma coisa.

— Ela é uma sereia? — grito. — Estamos na história da Pequena Sereia!

— Mas quem a sereia está segurando? — pergunta meu irmão. — Talvez seja o João, hein?

— Tenho certeza absoluta de que não é o João — respondo, irritada.

O rapaz tem cabelo castanho-escuro e seus olhos estão fechados. Sua cabeça pende de um lado para o outro. Não é um bom sinal.

Eu não sei dizer se essa sereia é a Pequena Sereia ou uma sereia qualquer. Preciso me lembrar da história original. Minha avó a leu para mim milhões de vezes. Preciso apenas me concentrar, e os detalhes vão voltar. Pena que não há tempo para me concentrar.

Vejo a cabeça da sereia emergir a 6 metros de onde estamos. Ela olha diretamente para nós, se assusta e desaparece na água. Um segundo depois, ela empurra o sujeito na nossa direção e sai nadando no sentindo oposto.

— Nós a assustamos — diz Jonah.

— Espere! — Eu chamo a sereia. — Não vá embora!

— Pensei que não deveríamos falar com ninguém da história! — exclama Jonah.

Certo. Porcaria.

Não há tempo para se preocupar com isso agora.

O sujeito está afundando, e cabe a nós salvá-lo.

Capítulo quatro

A verdadeira história

Pulamos de novo na água, e cada um segura um braço do sujeito. Ele está vestido com uma camisa amarela e calça marrom, ambas ensopadas e rasgadas. Ele é bonito. Muito bonito. Cabelo castanho desarrumado, maçãs do rosto definidas. Os lábios carnudos estão azulados.

Ops, esse não é um bom sinal.

— Não deixe ele cair! — ordeno.

Os olhos de Jonah se arregalam de preocupação.

— Ele está bem?

Uma onda bate em minhas costas, e ignoro a pergunta.

— Vamos apenas levá-lo até a beira!

Puxamos com esforço e, alguns minutos depois, conseguimos deitá-lo na areia. Encosto o ouvido contra a boca do rapaz. Ele está respirando.

— Ele está bem! Apenas inconsciente, talvez?

Jonah dá um suspiro de alívio.

— Quem você acha que ele é?

Quando me jogo na areia quente ao seu lado, vou me lembrando da história original. Príncipe... naufrágio... a Pequena Sereia salva o príncipe...

— Ah! Aquela era a Pequena Sereia! E esse é o príncipe que ela salvou do naufrágio!

— Mas por que o príncipe estava na água?

— Não se lembra? — pergunto.

Minha avó lia para ele a mesma história que lia para mim. Embora eu prestasse atenção 110% do tempo, e ele 10%.

Ele dá de ombros.

— Comece do início, vai.

— Tá bom — digo. Eu me deito na areia e fecho os olhos, me sentindo exausta de repente. — Havia uma sereia. E ela era, humm, pequena.

— Qual era o nome dela? — pergunta Jonah.

Humm. Boa pergunta.

— Acho que ela não tem um nome na história original.

— Quem escreveu a história? Foram os Irmãos Grimm também?

— Não, foi um cara dinamarquês. Hans Christian Andersen.

— Dinamarca? E ele vivia no mar?

Abro os olhos apenas o bastante para revirá-los na direção do meu irmão. Então fecho os olhos de novo.

— Ele era da Dinamarca, vivia nesse país.

— Mas a Pequena Sereia vivia no mar, certo?

— Óbvio.

— Por que você está sendo tão má? — reclama.

— Porque você está fazendo perguntas idiotas!

— Desculpe. Vou parar de falar. Continue a contar a história.

— A Pequena Sereia queria muito nadar até a superfície, mas não podia fazer isso antes de completar 15 anos. Ela tinha um monte de irmãs mais velhas que já haviam estado na superfície. Quando a Pequena Sereia finalmente teve permissão para fazer isso, ela viu um príncipe cair de um navio. Em vez de deixá-lo se afogar, ela o trouxe até a praia e salvou a vida dele.

— Foi isso que acabamos de ver! — exclama ele.

— Exatamente.

Do nosso lado o príncipe expectora alguma água. Nós nos levantamos, mas os olhos do príncipe continuam fechados.

— E o que acontece depois? — pergunta Jonah.

— Bom, depois que ela o salva, acaba se apaixonando por ele.

— E depois eles se casam?

— Não — digo. — É uma longa história, na verdade. Ela se esconde. Não queria que o príncipe a visse porque era uma sereia. Então, quando ele acorda, não sabe que foi ela quem o salvou. A sereia volta para o fundo do mar e começa a fazer perguntas até descobrir que só havia uma maneira de um humano se apaixonar por ela: ela precisava ter duas pernas. E a única maneira de ter duas pernas era fazendo um acordo com a bruxa do mar. Então vai até a bruxa e...

O príncipe solta um ronco bem alto.

— E... — continuo. — A bruxa do mar diz que pode lhe dar as pernas, mas vai exigir um pagamento em troca. Daí a Pequena Sereia dá a ela... — Eu me interrompo. Essa parte é nojenta.

— A permissão?

Eu me contorço.

— Não.

— Os tênis?

— Que tênis? Ela tem uma cauda!

— Ah, verdade. O que então?

— A própria língua.

— Você tá brincando, né? — Ele engasga. — A Pequena Sereia deu a língua para a bruxa?

Eu concordo com a cabeça, tentando não visualizar a cena.

Os olhos de Jonah se iluminam.

— Isso é nojento! Que incrível!

Meu irmão tem uma tendência a gostar das partes nojentas das histórias. Ele tem muito mais estômago que eu. E ama montanhas-russas. Principalmente as que viram de cabeça para baixo. Eu não, muito obrigada. Prefiro ficar na vertical.

— Bem — digo —, tecnicamente era a voz da Pequena Sereia que a bruxa queria. A sereia cantava e tinha uma voz linda. Mas abriu mão disso para ganhar as pernas. Para sempre.

Jonah balança a cabeça.

— Eu nem posso imaginar como seria não poder mais falar.

— Eu também não — digo. Duvido que seja possível ser juiz, se você não puder falar. Como proclamaria a sentença? — Mas a bruxa do mar incluiu uma maldição extra ao feitiço: se o príncipe se casasse com qualquer outra que não fosse a sereiazinha, na manhã seguinte ela... ela...

— Ela o quê? — pergunta Jonah. — Daria os dedos para a bruxa? O nariz?

— *Roooonnnnncccc* — geme o príncipe, mantendo os olhos fechados.

— Pior que isso — digo num tom sério. — Se o príncipe se casar com qualquer outra, na manhã seguinte a Pequena Sereia morre.

Jonah fica pálido.

— Mas não temos que nos preocupar, né? Porque deve ter rolado um final feliz depois. O príncipe se apaixonou pela Pequena Sereia. Eles se casaram. E viveram felizes para sempre?

— Bom... — hesito.

E é quando avistamos um splash ao longe. É a sereia novamente. A Pequena Sereia. O cabelo louro, o top verde e a cauda verde e laranja surgem na superfície e depois desaparecem.

— Estou vendo a sereia — sussurra Jonah. — Devemos nos esconder? Talvez, se fugirmos, ela se esqueça que nos viu e a história pode continuar como deveria, não?

— Sim — digo, me lembrando do que eu mesma havia determinado no porão. Não nos envolveríamos, e assim o conto de fadas no qual estivéssemos não seria alterado.

Só que talvez eu queira mudar essa história.

Eu olho para a Pequena Sereia e depois para o príncipe.

— É o seguinte. O fim da história da Pequena Sereia não é legal. Não é como o de Cinderela ou da Branca de Neve. No desfecho da história da Pequena Sereia, ela não se casa com o príncipe. Não tem um final feliz mesmo. Na história original, o príncipe se casa com outra pessoa, outra princesa, e a Pequena Sereia... — Tomo fôlego. — A Pequena Sereia morre.

— Você está errada — diz Jonah para mim. — Eu vi o filme. A Pequena Sereia não morre!

— O filme não conta a história verdadeira — digo. — Você nunca ouviu falar sobre os finais hollywoodianos? Quando os roteiristas dão um final feliz para a história mesmo que isso não tenha acontecido?

— Mas ela não pode morrer — reclama Jonah, batendo o punho contra a areia. — Esse é o pior final de história de todos!

Balanço a cabeça, concordando.

— É realmente terrível.

Certo. Acho que quero *mesmo* alterar esse final.

— Tenho um novo plano. Acho que devemos mudar o restante da história.

O lábio inferior de Jonah retorce.

— Achei que isso fosse contra as regras.

Jogo as mãos para o alto.

— Maryrose nunca nem falou com a gente! Regras de quem?

Ele inclina a cabeça para o lado.

— Suas regras.

Ah. Certo.

— Sim. Tecnicamente mudar o final é contra as minhas regras. Mas talvez essa regra seja um erro. Não quero que a Pequena Sereia morra. Quero dar a ela um novo final. Um final feliz.

Capítulo cinco

O que aconteceu

Ouço outro gemido atrás de mim. Desta vez as pálpebras do príncipe se agitam.

— Acho que ele está acordando — diz meu irmão.

Os olhos do príncipe se abrem de vez. Ele olha para Jonah e para mim.

— Onde estou? — pergunta ele num tom rude.

— Em uma praia — responde Jonah.

— Como eu vim parar aqui? Eu estava em um navio. — Ele se senta devagar e esfrega a testa. — Não me lembro do que aconteceu. Espere. Lembro sim. Houve uma tempestade. Eu caí do navio. Como consegui sobreviver? — Ele percebe que nossas roupas estão molhadas. — Vocês me salvaram?

Eu me agacho a seu lado.

— Não fomos nós. Foi a Pequena Sereia!

Ele estreita os olhos.

— A o quê?

— A Pequena Sereia! — E aponto para a água. — Ela estava bem ali há alguns minutos.

Ele se vira para olhar, mas o mar está calmo.

— O que é sereia?

— Você sabe — diz Jonah. — Metade peixe e metade gente?

O príncipe balança os cabelos desalinhados, e fico pensando se ele perdeu a coroa no mar.

— Não existe algo que seja metade peixe e metade gente — retruca ele. — Isso é ridículo.

— Não, não é — respondo. Em casa eu teria que concordar com ele. Se uma das minhas novas amigas me dissesse que tinha visto uma sereia na praia, eu teria que perguntar se ela havia batido com a cabeça recentemente. Mas nós não estamos em Smithville. — Onde eu moro, você estaria certo — concordo.

— Você não sabe! — Jonah me diz. — Talvez existam sereias onde moramos.

— Não tem — nego.

Jonah dá de ombros.

— Você não tem certeza. Ele acha que aqui não existem sereias. E ele está errado.

Bom argumento, eu acho. Dou uma olhada ao redor.

— Onde estamos, afinal? — pergunto.

Da praia vejo um caminho que leva até uma grande construção de pedra ao longe. Enquanto estou tentando entender o que é aquilo, um sino começa a tocar lá dentro. Uma escola?

O príncipe estica os braços acima da cabeça.

— O reino de Mostarda.

Eu e Jonah rimos.

— Sério? — pergunto.

Com os olhos semicerrados, o príncipe observa o sol.

— Por que eu brincaria com o nome do meu reino?

— Seu reino tem o nome de algo que colocamos no sanduíche? — insiste Jonah.

— Talvez não tenha mostarda aqui — sugiro a Jonah. — Da mesma forma que em Flom não havia brownies.

O príncipe balança a cabeça.

— Nós comemos mostarda. É nosso tempero favorito. E comemos brownies também. Inclusive os mergulhamos na mostarda.

— Que nojento — reclamo.

Até Jonah concorda comigo.

— Eca! — exclama ele. — Eu preferia que estivéssemos no reino do catchup.

Meu irmão é obcecado com catchup. Coloca em tudo. Nas batatas. No macarrão com queijo. No pão puro.

Sério, no pão sem nada. Isso é que é nojento.

— Brownies com catchup — sugere Jonah. — Isso eu experimentaria.

Isso é muito nojento mesmo.

O príncipe cambaleia ao ficar de pé.

— Quem são vocês? — Ele observa nossas roupas. — Vocês não fugiram da prisão, fugiram?

Olho e vejo que estamos com os pijamas que combinam. De listras pretas e brancas. Realmente parecemos presidiários.

— Não — respondo apressada. — Só estamos de pijama.

— Então, se não foram vocês dois que me salvaram, como sobrevivi? Talvez um pescador tenha me trazido até aqui? Ou vim boiando em um pedaço de madeira? Ou vocês estão apenas sendo modestos?

— Não — nego. — Eu mal consigo nadar. Foi a Pequena Sereia. Nós só arrastamos você até a areia.

— Aha! Então *vocês* me salvaram! Sendo assim, eu, príncipe Mortimer, tenho uma dívida com vocês. Podem, por favor, me acompanhar até o palácio para que sejam recompensados?

— Mas príncipe Morty... Posso te chamar de príncipe Morty? — pergunta Jonah, esperançoso.

— Só os meus pais me chamam de Morty.

Jonah faz um beicinho, mas continua:

— Príncipe Mortimer, realmente não fomos nós que salvamos você.

Espere aí. Dou uma cutucada em Jonah com o ombro.

— Ai!

— Preciso de um momento para conversar com o meu irmão — peço, e puxo Jonah alguns metros adiante. — Também podemos ir até o palácio — sussurro. — Podemos não encontrar a Pequena Sereia hoje e precisamos de um lugar para dormir.

Jonah dá de ombros.

— Estou nessa se você quiser. Mas com certeza vamos atrapalhar a história.

Eu olho na direção do mar.

— Espero que sim.

Capítulo seis

Hora da festa

Estamos caminhando na direção de um prédio quando nos deparamos com três adolescentes. Elas começam a tremer assim que nos veem.

Inicialmente acho que estão rindo dos nossos pijamas combinando, mas percebo logo que elas estão tremendo por verem o príncipe.

— Ai! Meu! Deus! — diz uma, desfalecendo.

— É ele! É ele! É ele! — grita outra, parecendo que pode desmaiar a qualquer momento.

Jonah e eu não somos os únicos vestidos de par de jarras: as meninas usam blusas iguais de colarinho branco, saias amarelas, meias brancas até os joelhos e sapatos oxford de couro amarelo. Seria algum uniforme? Acho que o prédio que avistamos é um colégio, no final das contas.

— Príncipe Mortimer! — grita a terceira menina. — Todos estão procurando por você! Estou, sabe, tão feliz em ver que está bem! — A menina tem a boca cheia de chiclete e cabelos castanhos bastante encaracolados. Cada cacho parece uma mola.

Gostaria que meus cachos fossem como aqueles. Também não seria nada mal um chiclete. Principalmente porque minha escova de dentes afundou com o restante das minhas coisas na mala.

— Estou bem — diz o príncipe. — Mas preciso voltar ao palácio.

— Vou buscar ajuda! — exclama a garota de cabelos cacheados, que logo se vira e sai correndo. As demais meninas continuam encarando.

Alguns minutos mais tarde, ela está de volta com alguns adultos que parecem importantes e logo estamos a caminho do palácio do príncipe Mortimer.

Ao longo de uma hora seguimos pela bela costa numa carruagem. Por toda a praia vemos pequenas casas com grandes deques, docas e barcos. As ondas estouram na areia branca. A água brilha como esmeraldas. O céu é de um azul intenso. Árvores verdes e frondosas balançam a distância. O lugar me lembra algumas fotos que meus pais têm, do lugar onde estiveram no aniversário de casamento de dez anos: St. Thomas, uma ilha no Caribe. Apesar da minha avó ter vindo ficar com a gente, nós NÃO gostamos de ter sido deixados para trás. Jonah ficou chateado por perder as inúmeras atividades do resort Waterinn — mergulho! nado! caiaque! —, enquanto eu fiquei chateada por não aproveitar a jacuzzi. E também adoro aqueles frozens que servem em copos longos, com um guarda-chuvinha no topo. Tenho certeza de que no Caribe os frozens também são assim.

Ao chegarmos ao palácio, há uma multidão nos aguardando na entrada. Ao centro está a rainha e o rei. Ambos usam coroas douradas, mas nenhum dos dois está vestido com trajes típicos de um rei ou de uma rainha. No lugar do manto, o rei usa um short amarelo e uma blusa florida amarela e branca. A rainha está de vestido de alcinha amarelo, com um cinto dourado, chinelos dourados e óculos escuros dourados.

Essas pessoas gostam mesmo de amarelo. Ah, provavelmente é a cor oficial do país, já que é o reino de Mostarda!

Tanto o rei quanto a rainha têm os cabelos descoloridos, a pele exibe um aspecto escamoso de quem passa muitas horas sob o sol. O tipo de pele que eu não quero ter quando for mais velha. E por isso sempre uso protetor solar.

Com exceção deste momento. Mas eu não sabia que acabaria numa praia.

Depois de dar um abraço apertado no príncipe, o rei se vira na nossa direção.

— Caras! Somos tão gratos a vocês por terem salvado nosso filho! — diz ele.

Caras? Não sou um cara.

— Não fomos nós — explico. — Uma sereia o levou até a praia.

O rei dá uma risada.

— Tá certo, cara. Como você quiser. Estamos felizes por ele estar bem. Depois que ele sumiu do navio, pensamos o pior.

— Vocês serão nossos hóspedes por alguns dias, não é mesmo, queridos? — pergunta a rainha, sem soltar a mão do filho.

— Claro! — exclama Jonah, gesticulando na direção da quadra de tênis à esquerda do palácio e, em seguida, para a quadra de vôlei à direita. — Aqui é incrível!

Ele não está mentindo.

O palácio é incrível. Grandes janelas de marfim. Um marfim amarelado. Esse pessoal leva o nome do reino muito a sério.

— Queridos, gostariam de algo para beber? — pergunta a rainha. — Um smoothie de banana, talvez?

Concordamos com a cabeça. Certamente essa bebida parece gelada e deve vir num copo alto. Um minuto depois uma bebida gelada e amarela — com um minúsculo guarda-chuvinha no topo — está em minhas mãos. Oba!

Bebo tudo em vinte segundos. Hum.

Jonah me cutuca.

— Nada mal hein, querida?

Dou uma risada.

— Muito bom, cara, muito bom.

Uma empregada chamada Vivian nos leva até o castelo. Ela deve ter a idade da minha mãe, e seu cabelo castanho está preso num coque apertado. Ela veste um uniforme amarelo perfeitamente passado.

Dentro do palácio, há flores amarelas por todo o canto. Os cômodos são decorados com candelabros dourados e pinturas gigantescas — do oceano, do rei e da rainha, do príncipe e de outras pessoas usando coroas.

Vivian nos guia escada acima. Ela abre a porta do meu quarto. E eu digo *quarto*, mas deveria dizer *suíte*. Uma suíte enorme e maravilhosa.

É do tamanho do último andar da minha casa em Smithville. No centro há uma cama king size de dossel amarelo. Tem até uma varanda no quarto com vista para o mar. Da janela também vejo uma piscina. E uma quadra de minigolfe. Uma quadra de beisebol. E uma jacuzzi.

Sim. Uma jacuzzi.

Esqueçam Waterinn! Esse deve ser o melhor de todos os hotéis. Só que não é um hotel. É a casa do príncipe Mortimer. E a nossa casa pelos próximos dias.

O quarto de Jonah é ao lado do meu. Há uma porta que conecta os dois cômodos, caso queiramos fazer isso.

— Você pode arrumar sua bagagem ali — diz Vivian, indicando um móvel cheio de gavetas.

— Obrigada — respondo. — Mas perdemos nossa mala. Não tenho nada para arrumar.

E por falar nas coisas que estavam na minha mala, pensando bem agora, tenho certeza de que Maryrose nos deixou passar pelo espelho imediatamente *porque* eu tinha separado roupa de banho. É uma peça de roupa essencial para este conto de fadas. Maryrose não deve estar feliz por eu ter perdido minha mala no mar.

— Nada para arrumar? — repete Vivian. — Vou chamar o alfaiate real imediatamente! Vocês certamente precisam de algo para usar na festa de boas-vindas do príncipe hoje à noite!

Não consigo evitar e lembro do que acontece na história *A roupa nova do rei*. Não havia um alfaiate de araque que fingia costurar as roupas novas para o rei e, na verdade, o nobre estava andando por aí pelado? Espero que esse alfaiate faça roupas de verdade.

Alguns minutos depois, o alfaiate real bate à porta para tirar minhas medidas. Depois verifica as de Jonah e sai apressado para trabalhar.

— Enquanto isso, entre na jacuzzi e relaxe — orienta Vivian. — Trarei roupas de banho.

Certo. Se ela insiste.

Visto o maiô — é amarelo, com bolinhas douradas, vermelhas e verdes — e saio com um robe de plush amarelo e chinelos combinando.

A jacuzzi fica de frente para o mar. Coloco o dedão do pé primeiro. *Ahhhh*. Quente e deliciosa.

Quando mergulho na água quente, penso que *poderia me acostumar com aquilo.*

Depois Jonah se junta a mim — de shorts amarelos —, e mais tarde voltamos para o quarto para nos aprontarmos.

Agora meu armário está repleto de roupas. Roupas de verdade — não há nada invisível ali. Há um belo e longo vestido florido amarelo, a parte de cima é bordada e a saia é de seda. Há também um vestido de verão mais simples, de algodão amarelo. Duas camisolas amarelas.

Algumas calcinhas amarelas. Vou parecer muito solar. Foi bom terem me dado um par de óculos escuros vermelhos também.

Coloco o vestido chique e vou até a varanda, pedindo a Jonah que me encontre lá fora.

Jonah aparece na varanda, que se conecta à minha por uma divisão baixa entre elas. Ele veste calças amarelas novas e uma blusa de gola amarela e branca, e está sorrindo muito.

— Adoro este lugar — diz. — Melhores férias da minha vida!

— Não estamos de férias. — Preciso lembrá-lo.

Mas, sinceramente, meio que parece que estamos de férias sim. A vista daqui é inacreditável; o oceano azul se estende infinitamente. Embora esteja quente e ensolarado, a brisa que vem do mar é suave e incrível. Mas ainda assim...

— Temos um trabalho a fazer. Temos que achar a Pequena Sereia antes que seja tarde. — Olho na direção do mar, esperando vê-la. Estaria nadando pela costa à procura do príncipe? Onde ela está?

Jonah lança as mãos para o ar.

— Temos que impedir que ela morra!

— Então, esse é o plano — digo, esfregando as mãos. Vamos exterminar o mal pela raiz. Precisamos impedir que ela faça um acordo com a bruxa do mar para início de conversa. Se continuar sendo sereia, então não vai morrer, ainda que o príncipe se case com outra pessoa.

Jonah inclina a cabeça para o lado.

— Não acho que seja isso que devemos fazer. Acredito que precisamos deixar que ela faça o acordo com a bruxa do mar e depois a ajudaremos a conquistar o príncipe, e assim eles viverão felizes para sempre.

Quê? Ele não pode estar falando sério.

— Jonah — digo —, esse é o pior dos planos.

Ele gesticula.

— Mas aqui é tão legal! Tenho certeza de que a Pequena Sereia ia gostar daqui também.

Balanço o dedo na frente do seu rosto.

— Esse é um plano péssimo, e por muitas razões. Para começar, é muito arriscado. Se a Pequena Sereia visitar a bruxa do mar, então ela *precisará* se casar com o príncipe. Ou adeus sereia.

— Tudo tem algum risco — argumenta Jonah. — Continuamos atravessando o espelho, mesmo sem saber onde vamos parar ou se voltaremos para casa. Viver em terra firme com o príncipe é o sonho da Pequena Sereia. Não podemos dizer a ela que não sonhe. Todos precisam sonhar com alguma coisa, não é?

— Claro que temos que sonhar — admito, chateada. — Mas, se você sabe que seu sonho é impossível, então você desiste dele. Encontra um novo sonho e o realiza. Você se acostuma a isso.

Ele franze a testa.

— Isso é tão triste.

Meu irmão não está entendendo.

— Jonah, não queríamos mudar para Smithville, lembra?

Ele balança a cabeça.

— *Você* não queria se mudar para Smithville.

— Certo, *eu* não queria me mudar para Smithville. Mas nós nos mudamos e agora estamos bem. Temos amigos. Temos um espelho mágico. Não é tão ruim. É preciso aprender a aceitarmos de bom grado o que temos.

— Hum — resmungo. — Talvez este seja o problema da história original da Pequena Sereia. Ela deveria ter sido feliz sendo sereia. A Pequena Sereia abriu mão da sua vida, da família, da casa, da cauda e até mesmo da voz, por um sujeito que não gostava dela.

Jonah assente.

— Isso é verdade. Ela abriu mão até da própria língua.

— Exato. Se ela tivesse aprendido a ser feliz com o que tinha, estaria bem melhor. — Aperto a cerca. — Temos que impedir a Pequena Sereia de fazer a maior bobagem de sua vida.

Ele assente.

— Você tem razão.

É claro que tenho razão. Sempre tenho razão. Bem, não sempre, mas geralmente.

— O único problema agora é: como iremos encontrá-la?

— Será que ela vai à festa? — indaga ele.

— Duvido que ela saia por aí com aquela cauda — respondo. — Mas talvez alguém na festa saiba como podemos encontrá-la. Antes que ela faça o acordo com a bruxa do mar.

Se é que ela já não tinha feito o tal acordo.

Capítulo sete

Festa do amor

À medida que descemos as escadas correndo, dou uma espiada no meu relógio, que marca 0h45. Quê? Não parece ser mais de meia-noite. Ah, certo, esse é o horário na minha casa.

Procuro por outro relógio e vejo que são 18h aqui. Acho que uma hora passada em casa equivale a um dia aqui. Precisamos voltar para casa até as 7h, quando minha mãe e meu pai acordam. Temos então seis horas e quarenta e cinco minutos ainda. O que equivale a seis dias mais três quartos de um dia aqui. Temos bastante tempo para encontrar um final feliz para a Pequena Sereia e localizar o portal que nos levará de volta para casa.

Isso se meu relógio estiver funcionando direito. Nós nadamos um pouco, então espero que ele seja à prova d'água.

Ouvimos a música vindo do salão e descobrimos que o evento já está a toda. Como estamos os dois famintos, seguimos pelo caminho mais curto até o bufê. Vivian nos apresenta a Carolyn, a chef, que está arrumando na mesa pratos com sanduíche de lagosta, macarrão com queijo, milho e, é claro, mostarda. Muitos e muitos potinhos com mostarda.

Carolyn usa um chapéu de chef bufante e amarelo, e um avental também amarelo. Ela deve ter a idade da minha avó.

— Vocês já provaram catchup? — Jonah pergunta a Carolyn. — Acho que iam gostar.

Ela faz uma cara de desprezo.

— Catchup? Tem muito tomate!

Jonah suspira.

Enquanto devoramos a deliciosa comida, aproveitamos para conversar com os convidados. Todos querem nos conhecer, "as crianças que salvaram o príncipe".

— Não fizemos sozinhos! — Digo a qualquer um que queira ouvir. — Na verdade foi uma sereia que o salvou, só ajudamos no último momento.

— Uma sereia! O que é isso, querida? — indaga a rainha.

— Ela é metade peixe, metade humana — explico.

— Isso é impossível. — A rainha ri. — Vocês dois têm uma imaginação bastante fértil!

— Você já ouviu falar em sereias? — perguntamos a Vivian enquanto ela dobra guardanapos amarelos. — Metade peixe, metade humana?

— Jamais — devolve.

Como vamos conseguir saber onde encontrar a Pequena Sereia se ninguém nunca nem ouviu falar de uma sereia?

— Pssssiu! Ei!

Eu e Jonah nos viramos e vemos a chef, Carolyn, acenando de um longo corredor.

— Ela está falando com a gente? — pergunto.

— Acho que sim — diz Jonah. — Vamos até lá!

Antes que eu possa responder, Jonah já saiu para encontrá-la. E é claro que eu o sigo. Não posso deixá-lo ir atrás de quase estranhos sozinho.

— Ouvi as perguntas que vocês fizeram e quero mostrar uma coisa — sussurra Carolyn.

— Sobre sereias? — pergunto.

— Shhhhhhh! — Ela abre uma porta que leva até uma escada espiral. — Venham comigo.

Descemos pelas escadas um andar até chegarmos ao porão. Depois a seguimos até um pequeno cômodo.

— Vocês precisam ver isso.

No centro do cômodo há uma pequena cama coberta com uma manta amarela. À esquerda tem um armário. Ela abre a gaveta de baixo e de lá tira um desenho do tamanho da minha mão.

— Vejam — pede ela. — Tenham cuidado.

Pego o desenho e percebo que nele há uma mulher... uma mulher com cauda de peixe.

— É uma sereia! — exclama Jonah.

— Com certeza — afirma ela, ajeitando os ombros.

— Pensei que ninguém por aqui tivesse ouvido falar de sereias — digo.

— Não ouviram — explica ela. — Mas eu já. Minha mãe me deu este desenho. Ela costumava me contar histórias sobre sereias o tempo todo.

— Ela viu alguma? — pergunto.

— Não — responde ela. — Mas minha tataravó, Edith, viu. Ela estava perdida no mar, e uma sereia a salvou. Ela contou sobre sua amiga sereia para minha bisavó, que contou para minha avó, que contou para minha mãe, que me contou. Eu sei tudo sobre elas.

— Conte pra gente! — pede Jonah!

— Elas vivem debaixo d'água. Em belos reinos subaquáticos, que têm ruas, casas, restaurantes, roupas e tudo o mais. As meninas são chamadas de sereias, e os meninos, de tritões. E todos têm caudas prateadas. E...

— Isso não é verdade — interrompo. — Nós vimos uma. Sua cauda não era prateada.

— Deveria ser — irritou-se Carolyn. — Foi o que minha mãe me contou. E o que minha avó contou a ela. E o que...

— Sua mãe te contou alguma coisa sobre o que fazer para atrair as sereias até a costa? — pergunto.

— Elas não podem — diz Carolyn. — Sempre que minha tataravó Edith queria ver a amiga, ela precisava nadar mar adentro. A sereia inclusive lhe deu uma poção que fazia com que conseguisse respirar embaixo d'água por 12 horas.

— Ohhhhhhhhh. — Os olhos de Jonah reluzem. — Vamos tomar isso! Você sabe como fazer?

Estremeço. Não vou para o fundo do mar. Com ou sem poção. Muito obrigada. Tem tubarões no fundo do mar. Tubarões e outros animais que querem me comer.

Carolyn concorda com a cabeça.

— Sei como fazer, mas não posso porque um dos ingredientes é cuspe de sereia.

Que nojo.

— Encontre uma sereia — completa ela. — Então farei a poção para você.

*

Vivian percebe quando voltamos para a festa.

— Onde vocês estavam? — pergunta ela.

— Dando uma olhada no lugar — respondo.

Ela franze as sobrancelhas.

— Espero que não estejam fazendo nenhuma bagunça para eu arrumar. Russell! Russell, venha aqui!

Um menino mais ou menos da idade de Jonah aparece ao lado dela. Sua pele é bronzeada e cheia de sardas. Como todo mundo em Mostarda, ele parece passar muito tempo se divertindo na praia.

— Meu filho — explica Vivian. — Ele pode fazer companhia para vocês dois. Russell, por que não mostra para Abby e Jonah onde você joga frescobol?

— Vamos velejar em vez disso — sugere o menino. — Acho que a marina real ainda está aberta.

Sim! Que excelente ideia. Se estivermos em um barco, poderemos encontrar a Pequena Sereia. Podemos não ter uma poção para ficar debaixo d'água, mas isso não quer dizer que não possamos procurar pelo mar.

— Nada de barcos! — Se mete Vivian. — É quase noite, e o mar está revolto.

Puxa.

— Eu adoro frescobol — diz Jonah.

Russell assente.

— Então vamos!

— Eu vou ficar aqui — comunico. — Da última vez que joguei frescobol, quase quebrei meu nariz.

Amanhã sairemos de barco. Nada que possa tombar. Um barco a remo, talvez. Então acharemos a Pequena Sereia. Não pode ser tão difícil. Pode?

Capítulo oito

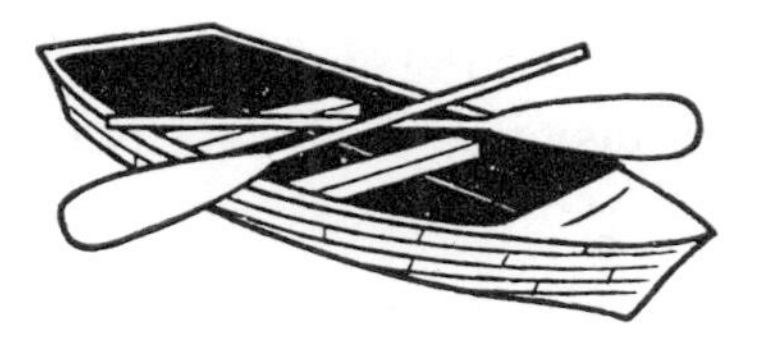

Rema, rema remador

Assim que amanheceu, eu e Jonah seguimos para a marina real.

Encontramos a tenda amarela na praia. Um sujeito bronzeado de óculos de sol espelhados está operando o local. Ao seu redor estão os mais variados tipos de barco. Barco a vela, veleiros, canoas, *banana boats*.

— Gostaríamos de alugar um barco a remo — peço.

— É claro — diz o barqueiro real, estendendo uma prancheta de madeira. — É só assinar aqui.

A marina real lembra muito uma biblioteca.

— E dois coletes salva-vidas — completo. — E será que você tem um rádio ou algo do gênero? Caso o barco fique à deriva e tivermos que entrar em contato.

O barqueiro balança a cabeça em negativa.

— Vocês têm óculos de natação? — pergunta meu irmão.

— Ah, sim; isso nós temos. — Ele procura embaixo do balcão e nos entrega dois pares.

— Para que precisamos disso? — pergunto ao meu irmão.

Jonah franze o cenho ainda que a resposta seja óbvia.

— Para procuramos pela Pequena Sereia embaixo d'água.

— Embaixo d'água? — pergunto, meio incrédula. — Tá maluco? Não vamos *entrar* na água.

Ele dá uma bufada.

— Como vamos encontrá-la então?

— Com nossos olhos! — exclamo. — De dentro do barco!

— Isso é bobagem — retruca ele, pegando os dois óculos de natação e os pendurando no braço. — Vamos dar uma nadada.

Minha boca fica seca.

— Veremos — digo, mas na verdade quero mesmo dizer DE JEITO NENHUM.

Jonah se vira para o barqueiro.

— Você tem snorkels? Ou algum equipamento de mergulho?

— São tipos de barco? — pergunta ele de volta.

— Acho que não — responde Jonah.

— Você não sabe mergulhar! — Aproveito para lembrar a ele.

Meu irmão dá de ombros.

— Ainda não, mas quero aprender.

Isso não vai acontecer.

Quando seguimos para a costa, vejo que metade do palácio já está dentro da água. Inclusive o príncipe, o rei e a rainha. Os três praticando windsurfe.

— Vamos levar um daqueles então! — implora Jonah, os olhos encarando a água com cobiça. — Parece divertido!

Os três nobres são carregados pelo vento em todas as direções. De repente, o rei cai de cabeça no mar.

Não parece nada divertido. Parece assustador.

— De jeito nenhum — devolvo.

— Aproveitem — diz o barqueiro, quando entramos no barco a remo e nos sentamos lado a lado. Ele nos empurra na direção da água e... lá vamos nós!

*

Cinco minutos depois, o suor escorre pelas minhas bochechas.

O sol bate direto nas nossas cabeças.

— Empurre! Puxe! Empurre! Puxe! — ordeno.

No final das contas, os remos são bem pesados. Quem diria?

Os imensos coletes salva-vidas amarelos que estamos usando por cima da roupa de banho não ajudam naquele calor. Entre um empurre e puxe, vejo que Jonah está tentando tirar o colete.

— Não ouse! — aviso.

— Mas eu sei nadar.

— Não importa. Você é meu irmão mais novo, e é meu dever garantir que não vai se afogar.

Continuamos remando por mais uns dez minutos antes de eu desistir com um "basta". A água parece calma e estamos distantes dos outros barcos. Podemos parar aqui também. E estou muito cansada para continuar. Meus braços parecem de borracha. Dou um gole na água do cantil e oriento, com um gesto, que Jonah faça o mesmo. Garanto que estamos recarregados antes de sairmos. Nada de desidratação enquanto eu estiver no comando. Ainda assim, sinto como se estivesse me esquecendo de alguma coisa. Mas o quê?

Bom, de todo modo é hora de encontrar a Pequena Sereia.

— Oooiii, Pequena Sereiiaa! — chamo. — Está por aqui, Pequena Sereia?

Não vejo a Pequena Sereia. Só muita água azul.

— Não vamos vê-la daqui — diz Jonah, colocando os óculos de natação. — Vamos mergulhar.

Meu coração dispara.

— Não, Jonah, não é esse o plano.

— Esse é meu plano — afirma ele.

— Mas... mas... mas... tem tubarões na água!

Ele se levanta e parece estar prestes a mergulhar de cabeça.

— E sereias também! E não é como se eu fosse me afogar. Estou de colete salva-vidas.

Ele balança os braços para a frente e para trás.

— Jonah, você vai virar o barco!

— Não vou — diz ele. E depois grita: — Jerônimo! — E se joga.

Água espirra no meu rosto.

— Você é irritante demais! — grito.

Ele me ignora e acena.

— Vem! Está bem quente!

Que escolha tenho agora? Não posso deixá-lo na água sozinho. E se ele precisar de mim? Agarro o colete salva-vidas no peito. Pelo menos não vou afundar enquanto estiver vestindo isso.

Não vou, certo?

Certo. Posso fazer isso. Minhas pernas tremem enquanto ajusto os óculos de natação no nariz. Com cuidado — com muito cuidado — coloco o dedão do pé na água. Qualquer coisa pode se esconder sob a água. Não apenas sereias. Mas tubarões e arraias e águas-vivas e barracudas e crocodilos e... já falei tubarões?

— Simplesmente pule! — grita Jonah. — Não seja tão medrosa!

Meu rosto queima de raiva.

— Não sou medrosa!

— É sim — diz ele. — Você tem medo de tudo. Tubarões. Pular na água. Viajar de avião sozinha.

— Do que você tá falando? Eu não tenho medo de viajar de avião sozinha.

— Então por que não vai visitar a vovó sozinha nesse fim de semana?

Ele pirou?

— Não posso ir sozinha!

— Pode sim! Meu amigo, Isaac, viaja sozinho uma vez por mês. O pai dele mora em Miami.

Fico quieta.

— Deixam um menino de 7 anos viajar sozinho?

— Sim. É um MD. Menor Desacompanhado. Se ele consegue, você também pode.

Viajar sozinha parece um *pouquinho* amedrontador. E se eu me perder no aeroporto? E se tiver uma turbulência no voo?

— Mamãe nunca deixaria — digo, o coração martelando no peito.

— Não custa nada perguntar — sugere ele. — Medrosa.

— Não sou medrosa! — devolvo. E então, antes que eu possa mudar de ideia, mergulho no mar.

Consegui! Eu pulei! Uhu! Quem é medrosa agora, hein? A água está fria. Mas, considerando o quanto está quente fora dela, a sensação é boa. Muito boa.

Eu grito. Alguma coisa passou nadando perto da minha perna. Respiro profundamente. Foi só um vairão.

Verifico se meus óculos estão ajustados e inspiro longamente, depois mergulho na escuridão.

Um cardume de peixes vermelhos e brilhantes nada ao nosso lado com rapidez. Eles são muito bonitos. Não são sereias.

— Ó, Pequena Sereia! — chama Jonah. — Onde você está?

Ela não responde.

Observamos enquanto todos os tipos de peixes passam nadando por nós. Laranja néon. Azul-claro. Um cor-de-rosa que se parece com um balão com espinhos de porco-espinho. Muitos tipos de peixe, mas nenhuma sereia.

— Devíamos voltar — digo afinal. — Não está adiantando. Teremos que pensar em outra estratégia. — Ajudo Jonah a subir no barco e depois o sigo.

Estamos encharcados e pinga água de todos os lados.

— Onde estão as toalhas? — pergunta Jonah, esfregando os braços molhados.

Porcaria. Sabia que eu tinha esquecido alguma coisa.

Deprimidos, remamos de volta até o palácio.

— Estou com fome — Jonah reclama.

— Estamos quase chegando — aviso. — Você pode pedir a Carolyn para fazer um queijo-quente.

— Não vou comer queijo-quente sem catchup. É triste!

Pela manhã, Carolyn havia preparado omeletes deliciosas. E as serviu com um pouco de mostarda. Jonah quase começara a chorar.

— Você é louco — digo.

— Louco por catchup — explica ele.

— Podemos nos concentrar em remar agora, por favor? A costa é logo ali! Depois preciso pensar em um Plano B.

— Talvez ela venha até nós — sugere Jonah.

— Reme, Jonah, reme! Por que ela faria isso?

— Ela ama o príncipe, não é? Certamente quer vê-lo.

— Quer saber... — começo. — Acho que você está certo. Lembro que na história ela nada perto da costa para tentar vê-lo. Reme, Jonah, reme!

— Estou remando — responde ele. — Muito mais que você!

— Acho que teremos que prestar mais atenção na água — concluo, quando o casco do barco encosta na areia.

Quando estamos rebocando o barco para a praia, a rainha acena para nos juntarmos a ela no almoço.

— Devíamos trocar de roupa primeiro — sugiro.

— Não seja boba — retruca ela.

Então nos juntamos ao rei, à rainha e ao príncipe na mesa oval externa para almoçar. Há uma toalha de seda amarela, e os pratos e talheres são de ouro. Coloco meu guardanapo de seda amarela no colo, como se deve fazer. Dou uma cotovelada em Jonah para que ele faça o mesmo.

Parece bobagem sermos tão formais quando estamos de roupa de banho, mas e daí? O príncipe e o rei nem estão de camisa — usam apenas shorts amarelos-vivos. O maiô da rainha é de um tom claro de amarelo, por cima dele, ela usa uma saia curta.

Carolyn nos serve cumbucas com sopa de abóbora seguida por frango com limão e arroz amarelo.

— Como foi remar? — pergunta o príncipe, mastigando um pouco de arroz.

Para um príncipe, ele não se comporta muito bem à mesa. Eu comentaria, mas sabe como é. Ele é príncipe. Poderia pedir que cortassem minha cabeça.

— Difícil — admito. — Estávamos procurando pela Pequena Sereia, mas não a encontramos.

— Rá, rá, rá. — Riem todos eles. — Uma sereia! Vocês dois são engraçados!

Suspiro.

Carolyn agora me lança um olhar de compreensão enquanto serve um pote de *sorbet* de banana.

Depois do almoço, Jonah e eu seguimos até nossas respectivas varandas para tentar avistar a Pequena Sereia.

Jonah começa a ficar inquieto.

— O que foi? — pergunto.

— Não temos que ficar os dois sentados aqui, né?

— Por que, você tem outros planos?

Ele sorri, tímido.

— Eu ia brincar com Russell. Quer vir?

— Tenho que procurar a Pequena Sereia!

— Ah — diz ele. — Tudo bem.

— Se você quer mesmo ir, vá — desafio, mas na verdade não espero que ele me deixe sozinha.

Jonah dá um pulo.

— Legal! Vejo você mais tarde!

Não consigo evitar me sentir chateada. Ele ainda acha que estamos de férias! Mas temos trabalho a fazer.

Enquanto observo o oceano, penso se não estou desperdiçando meu tempo. O mar está tão agitado, com barcos e pessoas nadando. Sabemos que a Pequena Sereia não quer ser vista. Então por que ela nadaria tão próximo da superfície durante o dia? Ela provavelmente só faz isso à noite.

Fico de pé. Talvez, em vez de observar a água, eu deveria passar o dia procurando portais no palácio para voltarmos para casa. Corrigindo: *eu e Jonah* deveríamos passar o dia investigando o palácio.

Encontro meu irmão fora do castelo, jogando pingue-pongue com Russell.

— Jonah, preciso da sua ajuda. Temos que encontrar o portal e voltar pra casa. — A última parte eu sussurro para que Russell não ouça. Não sei nada sobre aquele menino e não vou confiar nossa situação a ele ainda.

— Me deixe terminar essa partida. — Jonah se inclina sobre a mesa e tenta rebater uma bola.

— Jonah! Agora!

— Tá, tá... — murmura ele. — Desculpe, Russell. Quer vir nos ajudar a bater em todos os móveis desse lugar para encontrarmos o caminho de casa?

Retorço os lábios. Acho que não estamos mantendo a nossa situação em segredo.

Russell enruga o nariz.

— Acho que não. Minha mãe não gosta quando mexo nos móveis.

Guio Jonah para dentro do castelo.

— Não é incrível que Russell more no castelo? — pergunta ele. — Imagina só poder ficar aqui todos os dias.

— Não se acostume — aviso. — Precisamos voltar para casa em algum momento. E lembre-se: o portal pode ser qualquer coisa. *Qualquer objeto.*

Entramos no saguão principal, e Jonah olha ao redor.

— Então pode ser uma... porta? — pergunta.

Eu concordo com a cabeça.

— Ou um espelho. Uma lareira. Uma mesa. Como vamos adivinhar?

Jonah faz um gesto para todos os quadros na parede.

— Talvez seja uma dessas pinturas.

— Talvez — digo. — Vamos tentar bater em qualquer uma delas para ver se alguma emite um som ou começa a girar. Mas não deixe que te puxe, tá? Fique afastado.

Começo com o quadro do príncipe Mortimer. Ele usa uma coroa e roupa de mergulho amarela. Seus olhos parecem me perseguir pela sala. Bato três vezes na pintura. É assustadora, mas acho que encantada não é não.

Demoramos mais ou menos uma hora, mas testamos pelo menos cem retratos e pinturas.

— Acho que não é uma pintura — digo.

— Terminamos? — pergunta Jonah, ansioso. — Posso praticar windsurfe?

— Não, Jonah! Temos que testar as portas e os espelhos.

Andamos apressados pelo palácio batendo em todos eles. Estamos quase terminando quando...

— Venham aqui! — grita Vivian, quando batemos em uma das últimas portas de quarto que resta.

Oops.

— Oi — digo. Lá dentro vejo um espelho sobre a cômoda e bato três vezes.

— O que vocês estão fazendo afinal? — pergunta Vivian, abaixando o espanador.

Dou um sorrisinho.

— Hum, batendo? Sabe, nós chegamos aqui através de um espelho. Então um espelho pode ser nosso portal de volta para casa.

— Bem, parem já! — ladra ela. — Vocês estão entortando as molduras. Vão brincar lá fora!

— Eu concordo! — exclama Jonah.

— Desculpe, Vivian — peço.

Puxo Jonah escada abaixo. Nunca vamos conseguir bater em todos os objetos da casa. O palácio está entupido de coisas. E Vivian vai nos matar.

— Precisamos mesmo é de... — começa Jonah, se sentando em um degrau de mármore — uma fada.

— Não tem fada alguma nessa história! — grito. — O único ser mágico nessa história é a bruxa do mar, e não podemos procurá-la, pois ela vive debaixo d'água. E por acaso eu não tenho cuspe de sereia comigo.

— Deveríamos tentar o bat-sinal.

— Quê?

— Não sabe? Quando precisam do Batman, colocam um sinal nos céus. É disso que precisamos. Um bat-sinal. Mas, no nosso caso, seria um sereia-sinal.

Estou confusa.

— Para chamar a bruxa?

— Não, para a Pequena Sereia. Algo que fizesse com que ela aparecesse mais rápido.

— Mas o que atrairia a Pequena Sereia até aqui?

— Uma única coisa... — diz Jonah.

Nos entreolhamos e juntos dizemos:

— O príncipe Mortimer.

Capítulo nove

O príncipe dos retratos

Tentamos convencer o príncipe Mortimer a dar uma volta pela praia à noite, mas ele está muito cansado por ter praticado windsurfe o dia todo. Então usamos a segunda melhor opção que encontramos.

O retrato do príncipe de roupa de mergulho.

Esperamos até meia-noite.

Então nos esgueiremos pelas escadas e bem, bem devagar tiramos o quadro do príncipe Mortimer da parede.

— Cuidado! — sussurro, quando o retrato se inclina na direção de Jonah e quase o transforma em panqueca.

É bom que Vivian more no porão com Carolyn e o restante dos empregados, porque ela nos ouviria com certeza.

— Entendeu? — pergunto. — Levante no três, e então o carregamos lá para fora. Um! Dois! Três!

Levantamos o quadro. Mas é tão pesado que acabamos arrastando-o pela sala de estar e pelo terraço até chegarmos na areia, e o mais próximo que conseguimos da areia.

— Você acha mesmo que isso vai funcionar? — pergunta Jonah, quando finalmente saímos do palácio.

— Se der certo, a Pequena Sereia verá isso e virá nadando nesta direção — falo. — Ela está *totalmente* apaixonada por ele.

— A não ser que ela agora o odeie, já que a história está toda diferente — argumenta ele.

— Então todos os nossos problemas estariam resolvidos — rebato. — Mas eu duvido.

— Espero que ela consiga enxergar — falo Jonah. — Eu podia aprender a acender uma fogueira.

Dou uma bufada.

— Não.

— Podia sim. — Ele se irrita. — Preciso apenas do sol e de um pedaço de vidro. Não pode ser tão difícil, pode?

— Pode ser difícil, sim. Se considerarmos que é noite, bem tarde.

— Verdade...

Por sorte a lua está cheia e não precisamos das habilidades inexistentes do meu irmão para acender fogueiras. Tudo está aceso na praia. Inclusive o quadro. E a água lambendo a base do retrato. E molhando a pintura.

— Rápido! Jonah! O príncipe está ficando sem pé!

Corremos para afastar o quadro alguns metros da água. Duvido que fôssemos bem recebidos pela família real se estragássemos uma das valiosas pinturas deles.

— Então, e agora? — pergunta Jonah.

— Esperamos. Ela vai ver o retrato e nadar até aqui. Então falaremos com ela. Eu me sentarei atrás do quadro para segurá-lo enquanto você continua de olho.

Pelo menos uma hora se passa. Os olhos de Jonah estão fechando.

Mais uma hora.

Os olhos de Jonah se fecham.

— Jonah! Acorde! — grito. — Não posso fazer duas coisas ao mesmo tempo!

— Não estou dormindo! — informa ele, e arregala os olhos.

— Vamos trocar — peço. — Assim você pode fingir não dormir enquanto balança o retrato e eu procuro por ela.

Trocamos. Jonah cochila. Jogo areia de uma mão para a outra, mantendo os olhos fixos no oceano.

Quando sinto que meus olhos começam a fechar, decido que é hora de jogar a toalha. Não está adiantando nada. Vou esperar mais dez minutos e então vamos...

Splash.

Eu ouvi isso mesmo? Ou foi minha imaginação? Fico de pé e corro até mais perto da água.

Estou vendo! É ela! A cauda comprida verde e laranja. Os belos cabelos louros... batem em sua cintura e lembram a cor da manteiga.

Ela está em cima de uma pedra, observando a pintura do príncipe Mortimer.

Eu quero gritar "Olá", mas tenho medo de assustá-la e com isso ela voltaria para o fundo do mar. Não está muito distante — talvez uns 6 metros. O mar está calmo.

Se eu conseguisse nadar alguns metros. Se pelo menos eu tivesse um colete salva-vidas.

Talvez eu possa nadar um pouquinho. Não muito para longe. Só até onde meu pé tocar o fundo.

Felizmente estou com meu maiô por baixo do vestido. Tiro o vestido e entro na água. Devagar. Sem fazer barulho. Uau, a água é fria à noite. *Eu* gostaria de ter uma roupa de mergulho.

Estou quase chegando nela quando a água alcança minha cintura. É o mais longe que consigo ir.

— Abby? — A voz de Jonah ecoa na praia. — Onde você está?

Ops.

Jonah fica de pé, ainda segurando a pintura.

— Abby! — grita, piscando para afastar o sono. — Para onde você foi?

Eu quero gritar "SHHHH", mas não quero assustar a Pequena Sereia.

— Abby! Abby!

A Pequena Sereia afunda os ombros e a cauda na água.

— Espere! — chamo. — Pequena Sereia! Por favor, não vá embora. Queremos te ajudar.

Ela desaparece embaixo d´água.

Em me precipito na direção dela.

— Não! Não vá! Sabemos que você ama o príncipe! Por isso trouxemos o quadro! Para chamar sua atenção!

De repente meu pé não está mais tocando o chão. Ah, não.

— Abby! — Jonah grita. — Estou vendo a sereia! Ela está na água.

— Ah, jura, Jonah? Você pode me ajudar aqui, por favor?

— É você a menina daquele outro dia, certo? — pergunta uma voz sem graça. A Pequena Sereia! Ela está falando comigo!

— Sou — respondo, nadando cachorrinho numa tentativa desesperada de ficar na superfície. — Não tenha medo. Queremos ajudar.

O rosto dela aparece atrás da rocha.

— Aquele é seu irmão?

— Com certeza — afirmo, quando finalmente os meus dedos do pé alcançam a areia. — Você tem apenas irmãs, não é mesmo?

Ela faz que sim com a cabeça.

— Sorte — digo, rindo. — E você é a mais velha?

Ela assente de novo e passa os dedos pelos cabelos molhados.

— Como você sabe disso? — pergunta ela. — Humanos nunca sabem nada sobre mim.

— É, bem, eu li sua história. E por isso quero falar com você. Sei que é uma sereia, ama o príncipe e quer trocar sua cauda por duas pernas.

Ela engasga.

— Eu não contei isso a ninguém.

— Eu li. Em um livro.

— Você sabe ler?

Meus olhos arregalam.

— Você não sabe?

Splash. Eu me viro e vejo Jonah nadando na nossa direção.

A Pequena Sereia balança a cabeça.

— Ninguém que vive embaixo d'água sabe. Livros e tinta não duram muito na água. Desintegram.

Faz sentido.

— Bom, nós lemos. E por isso sabemos quem é você. E o que acontece com você. E não é bom.

Ela puxa um cacho do cabelo.

— O que acontece?

— Você vai até a bruxa e faz um acordo. Ela transforma sua cauda em duas pernas, mas em troca exige sua voz.

Ela toca o pescoço.

— Minha voz?

Faço um gesto de concordância.

— Sua língua! — completa Jonah, agora ao nosso lado.

— Isso é nojento — diz a Pequena Sereia.

Eu concordo.

— Por isso não queremos que você faça isso.

— Seu nome é Pequena Sereia mesmo? — pergunta Jonah.

Ela balança a cabeça.

— É Lana.

— Sou Jonah — revela meu irmão. — Minha irmã se chama Abby.

— Prazer em conhecer vocês, Jonah e Abby. Eu nunca havia conversado com humanos.

— E nós nunca conversamos com uma sereia antes — diz Jonah. — A maioria das pessoas daqui nunca ouviu falar em sereias. Elas são estranhas. Também não usam catchup. Tem catchup onde você mora?

É tarde, sinto muito frio e não estou a fim de conversar sobre catchup.

— Lana, vamos voltar ao que interessa. Ficou tudo claro? Você não pode trocar sua voz e sua cauda por duas pernas para que o príncipe Mortimer se apaixone por você. Não vai funcionar. Ele se casa com outra pessoa, e você acaba... — Minha voz falha. Uma onda me atinge, e me esforço para ficar de pé.

Lana olha de soslaio.

— E eu acabo como?

— Morta — diz Jonah categoricamente.

Ela estremece.

— Não quero morrer.

— Exato — concordo. — É por isso que você precisa aprender como ser feliz com a vida que tem no fundo do mar. É preciso se conformar.

Sob a luz da lua, vejo as lágrimas de Lana escorrendo.

— Mas eu não quero continuar onde estou! Eu amo o príncipe! E quero viver em terra firme. Onde há o pôr do sol e peixes voadores!

— O que são peixes voadores? — Quer saber Jonah.

— Você sabe — avisa ela. — Peixes que voam pelo ar. Minha irmã me contou sobre eles!

— Seriam pássaros? — Dou um chute.

— Peixes voadores! — insiste ela. — E papacos!

— O que são papacos?

— O que vocês usam nos pés. Você sabe... papacos.

— Quer dizer sapatos.

Ela balança a cabeça.

— Papacos!

— Esqueça os papacos — peço. — Não ouviu o que eu disse? Você vai perder tudo! Sua língua! Sua vida! Você não pode negociar com a bruxa do mar! Não pode desistir de tudo que faz você ser quem é. Não é certo.

Lana cruza os braços e faz um beicinho. A cauda bate contra a água. Acho que é sua forma de bater os pés.

— Mas eu o amo.

Ela está sendo ridícula.

— Você nunca nem conversou com ele!

— Não é preciso conversar com alguém para saber que o ama — insiste. — Você não sabe como nada. É criança.

Dou uma bufada.

— Você é praticamente uma criança também.

— Tenho 15 anos — diz, ofendida.

— Nem é o suficiente para votar!

— Votar para quê? — pergunta.

— Para presidente — respondo.

— Não temos presidentes aqui. Meu pai é o rei. Ele controla os oceanos. E eu sou a princesa. E quero casar com o príncipe.

Jonah começa a boiar.

— Talvez ela possa se casar com o príncipe sem fazer o acordo com a bruxa. Talvez eles possam ter um relacionamento a distância. Ou talvez ela possa viver na piscina. Ou ele vai morar com ela no mar. Ele pode usar a poção de cuspe de sereia.

Lana inclina a cabeça para o lado.

— Existe uma poção de cuspe para respirar embaixo d'água?

— Foi o que Carolyn nos disse — explico. — Mas ela não está certa sobre tudo. Ela é a chef do palácio. Aparentemente sua tataravó conheceu uma sereia.

— Nunca ouvi falar sobre uma poção — diz Lana. — Mas, se realmente funcionar, então o príncipe poderia ficar comigo!

— Carolyn disse que só dura 12 horas — explica Jonah. — Daí ele teria que voltar para a terra firma de vez em quando.

— Talvez pudéssemos alternar — sugere Lana, esperançosa. — Ele poderia passar um tempo no fundo do mar comigo, e eu com ele na piscina...

— É possível — admito.

— Mas... — Lana hesita. — Você acha que ele vai gostar de mim mesmo eu sendo sereia?

— Um homem deve te amar pelo que você é — afirmo. — Se você tiver que mudar, ele não é o homem certo para você.

Todos assentimos. Parece ser o certo, não?

— Gosto do plano poção + piscina — afirmo. — Assim podem ficar juntos sem que haja nenhum acordo com a bruxa do mar. Acho que o príncipe precisa te conhecer. Assim que ele vir que você é real e que foi quem salvou a vida dele no dia do naufrágio, tenho certeza de que vai se apaixonar.

— É? — questiona Lana.

— Com certeza — sentencio. E torço para que seja verdade.

Capítulo dez

O oceano não pode esconder tudo

Na manhã seguinte, Jonah, o príncipe Mortimer e eu seguimos para a praia como planejado.

— Ela vem mesmo? — pergunta o príncipe.

— Claro. Ela mal pode esperar para ver você de novo — digo.

Jonah e eu explicamos a ele que a pessoa que o levou nadando até a costa está aqui para vê-lo. Deixamos de lado a parte sobre ela ser sereia, já que não acreditou quando contamos anteriormente. Logo ele vai saber a verdade.

O meu plano vai funcionar com certeza. Ele vai conhecer Lana e se apaixonar perdidamente. E daí que ela é uma sereia? Isso não vai impedir o amor verdadeiro! Em algumas semanas, vai pedi-la em casamento, eles vão se casar e — tcharã! — final feliz! Dou uma olhada no meu relógio. São duas da tarde em casa. Vamos juntar Lana com o príncipe e ainda teremos cinco dias para encontrar o caminho de volta!

Estamos ficando mesmo bons nesse negócio de contos de fadas.

Enquanto andamos pela costa, vejo Lana já aguardando dentro da água. Metade do corpo está para fora, mas a cauda ficou escondida. Do ângulo que estamos vendo, não dá para adivinhar que ela é sereia.

Os olhos do príncipe brilham.

— É ela?

— Sim — respondo.

— Ela é linda. — Ele praticamente voa para dentro da água. — Olá!

Ela sorri de volta.

— Olá!

— Foi realmente você quem me salvou do naufrágio? — pergunta.

Ela concorda com a cabeça.

— Fui eu. Trouxe você até a Praia Crescente, e depois Abby e Jonah puxaram você para a borda.

— Serei eternamente grato — diz ele, inclinando a cabeça. — Saia da água para podermos conversar.

— Está tão quente aí fora — reclama ela, corando. — Por que você não entra na água?

Boa, Lana!

— Não estou de sunga — explica. — Conte mais sobre como me salvou. Você estava no mar à noite por acaso?

— Sim — responde ela, categórica.

— Imagino que estivesse em outro barco?

Ela sorri.

— Algo assim.

— Seu cabelo é lindo.

— Obrigada — ela agradeceu, batendo as pestanas.

— Então você me carregou por todo o caminho até estar seguro em terra firme?

Ela assente.

Os olhos dele estão brilhantes e sonhadores.

— Que incrível. Você me salvou. E é tão bonita.

— Obrigada novamente — diz ela.

Ele dá um pigarro.

— Quer se casar comigo?

Uau! Foi rápido! Achei que fosse demorar algumas semanas, mas foram só alguns minutos. Talvez seja mesmo amor verdadeiro!

O sorriso de Lana ilumina seu rosto.

— Quero!

— Fantástico! — exclama ele, os olhos cintilando. — Será minha princesa.

— Preciso te contar uma coisa — esclareceu ela. — Eu já sou princesa.

Uma expressão de surpresa cruza o rosto dele.

— Você é? Princesa de onde?

— Do oceano — revela, e com isso mergulha no mar deixando aparente sua cauda.

O rosto dele fica pálido.

Ops.

Ela emerge, ainda sorrindo.

— Você tem uma cau-cau-cau-da! — solta ele.

— Tenho — repete ela. — Sou uma sereia.

Ele balança a cabeça repetidamente.

— Sereias não existem.

Jonah ri.

— Príncipe Mortimer, ela tem uma cauda. Não pode discutir um fato.

O príncipe balança a mão na frente do rosto e dá alguns passos para trás.

— Não posso me casar com alguém que é metade gente e metade peixe.

O quê? Não!

— Por que não? — pergunto. — Ela pode dormir na sua piscina! Ou na jacuzzi! A jacuzzi é muito relaxante!

Ele continua andando para trás na direção do palácio.

— Simplesmente não posso! Preciso de uma esposa com quem eu possa dançar e passear. Alguém que possa viver comigo na terra. Desculpe, mas isso nunca funcionaria. Retiro minha proposta!

— Você não pode retirar sua proposta! — grito.

— É! — grita Jonah. — É sua palavra!

— Existe uma poção — digo a ele. — Uma poção que você poderia tomar para ser capaz de passar parte do tempo com ela embaixo d'água.

— Existem tubarões no fundo do mar! — exclama ele. — E não vou abrir mão do meu palácio para viver na caverna submersa de alguém.

Humpf! Que romântico.

E, com essa, ele dá meia-volta e sai correndo para o castelo.

— Mas, mas, mas... — A voz de Lana falha. — Eu não vivo em uma caverna. O castelo do meu pai é tão bom quanto este.

Eu me apresso em sua direção.

— Lana, eu sinto muito.

Ela pisca.

— Eu disse que isso não ia funcionar. Preciso de pernas para me casar com ele. E o único de modo de consegui-las é com a bruxa do mar.

— Lana, eu não entendo. Por que ficou tão apaixonada por ele? Ele acabou de falar mal da sua casa! E não está disposto a desistir de nada por sua causa! Por que você desistiria de tudo por ele?

Ela retorce os lábios.

— Porque eu o amo!

Reviro os olhos. Não posso evitar. Ela não tem salvação.

— Precisa haver outro modo. — Esfrego os dedos nas têmporas. — Tenho que pensar numa solução.

— Bom, eu preciso de pernas. Tenho que ir, de todo modo. Meu pai está dando uma festa hoje e prometi que estaria lá.

— Ótimo. — Pelo menos uma festa vai mantê-la afastada da bruxa do mar. — Até amanhã terei bolado outro plano. Acredite, sou muito boa com planos.

Jonah concorda com a cabeça.

— Ela é muito boa com planos.

— Seja como for, não vá até a bruxa do mar. Combinado? — pergunto.

— Tanto faz — responde ela.

E depois, sem nem se despedir, desaparece dentro da água, me deixando com a responsabilidade de um novo plano. E rápido.

Capítulo onze

Isso dói

Mais uma vez eu me reviro agitada na cama. Não consigo dormir. Lana vai voltar pela manhã, e não tenho ideia de como conseguir seu final feliz. Minha única opção é convencê-la de que sua vida já é incrível *sem* o príncipe.

E é mesmo. Ela é uma princesa! Tem cabelos lindos! Se Lana morasse onde eu moro, poderia estrelar um comercial de xampu. Ela tem cinco irmãs — eu gostaria de ter pelo menos *uma*, imagine cinco. Pernas não são assim tão importantes. Olho para baixo na direção das minhas. É claro que com elas podemos correr, dançar e coisas assim. Mas eu vi Lana nadando, e ela nada bem mais rápido que eu.

Ouço um barulho alto do lado de fora da janela. Parece um "Ooooooohhhhh", mas meio murmurado.

Aposto que o fundo do mar é silencioso. Na terra há todos os tipos de sons assustadores.

— Oooooooohhhhh.

Ouço de novo.

Espere. Parece alguém.

Corro até a varanda e olho na direção da praia.

— Ooooooohhhhhh.

Ouço pela terceira vez. Com a ajuda da luz da lua, procuro e vejo que o som *está* vindo de alguém. De Lana. E ela está deitada na areia.

Enquanto tento entender o que está acontecendo, ela baqueia para lá e para cá. Sua cauda começa a tremer. Então, enquanto observo, a cauda se divide em dois.

AI. MEU. DEUS.

Eu já vi muita coisa louca nos mundos dos contos de fadas. Mas nunca tinha visto nada como aquilo.

Vou até o divisor das varandas e bato vigorosamente.

— Acorde! — grito. — Temos que ajudá-la!

Quando me viro de novo para Lana, o verde das suas pernas está sumindo aos poucos para se transformar no tom da pele dela. O cabelo é o mesmo. A parte de cima do corpo é a mesma. Mas agora ela tem pernas. PERNAS!

E a parte de baixo do biquíni é verde.

— O que houve? — pergunta Jonah, abrindo a porta da sua varanda.

— Aconteceu! — digo, apontando para Lana. — Ela fez o acordo com a bruxa do mar! Por que ela fez isso quando eu disse para não fazer? — Bato o pé direito com força. Estou furiosa. Muito furiosa.

— Oooohhhhhhh — murmura Lana.

— Temos que ajudar — digo. — Pegue uma toalha.

Corremos para a praia e a encontramos ainda se retorcendo de dor na areia.

— Está doendo? — pergunta Jonah.

— É claro! Isso dói! — exclamo. — Ela não estaria fazendo esses sons de tristeza se não doesse!

Lana apenas concorda com a cabeça.

Coloco as mãos nos quadris.

— Você foi até a bruxa do mar?

Ela assente de novo.

— Por que faria isso? — pergunto em voz alta. — Eu disse para *não* ir!

Ela abre a boca para dizer alguma coisa, mas a fecha logo em seguida.

Engasgo aterrorizada. Já que ela tem pernas e foi até a bruxa do mar... a bruxa tem a... tem a... tem a língua dela.

— Você deu a ela a sua...? — Eu nem consigo pronunciar a palavra. É nojento demais.

Lana concorda com a cabeça. Mas em seguida aponta para as pernas.

Meu estômago se agita. Ela fez mesmo. Deu sua língua em troca das pernas. Por que ela faria isso? Por que alguém faria isso?

Respiro profundamente. Pego a toalha das mãos de um Jonah de olhos arregaladíssimos e cubro os ombros molhados de Lana.

— Pode ficar de pé? — pergunto.

Ela dá de ombros, o que imagino que signifique "Eu não sei". A comunicação com alguém que não tem língua não vai ser fácil. Ela segura minha mão, e eu a levanto com gentileza.

Ela balança um pouco, mas consegue firmar os pés no chão. Quase ao mesmo tempo, Lana faz uma careta, então imagino que esteja doendo. Depois de alguns instantes, ela consegue andar sozinha.

Levamos Lana até o palácio.

Quero gritar com ela. Quero dizer a ela que cometeu um grande erro.

Mas, pela expressão de dor em seu rosto, suponho que ela já saiba.

— Venha dormir no meu quarto — peço a ela. — Veremos o que fazer pela manhã.

Parece que ela quer dizer alguma coisa, mas apenas assente. Sem dizer nada, ela me segue até meu quarto.

Capítulo doze

Prazer em conhecê-la, de novo

Lana acorda antes de mim. Ela está sentada no chão do quarto, examinando os dedos dos pés.

— Como está se sentindo? — pergunto.

Ela me lança um sorrisão e mostra o polegar.

Faz um gesto na direção do próprio corpo. Não faço ideia do que está tentando dizer.

Ela gesticula de novo.

— Você está com frio?

Ela balança a cabeça.

— Com calor?

Lana puxa a camisola amarela que emprestei a ela ontem à noite. Talvez esteja agradecendo.

— De nada — digo.

Ela balança a cabeça e depois faz um movimento de onda com as mãos.

— Você quer nadar?

Seu rosto enrubesce, e ela bate os pés no chão. Puxa a camisola de novo e grunhe.

— Ah, você quer se arrumar!

Ela assente com veemência. Depois faz um carinho no cabelo.

— Você quer lavar o cabelo e depois se vestir para ver o príncipe Mortimer?

Ela bate palmas. Acho que entendi.

A porta se abre com força.

— Quem é você? — Vivian exige saber, olhando para Lana.

Os olhos de Lana se arregalam de medo. Ela abre a boca para responder, mas logo parece se lembrar de que não pode falar nada.

— Ela é uma sereia! — digo. — Lembra que eu te disse que estava à procura de alguém que é metade gente e metade peixe?

Vivian estala a língua.

— Ela não parece ser metade peixe. Ela tem pernas.

Bem lembrado.

— Bom, ela era metade peixe — explico.

— Não gosto de mentiras, senhorita Abby — declara Vivian. — Sua amiga com pernas tem alguma roupa ou perdeu a bagagem também?

Balanço a cabeça.

— Ela não tem bagagem.

— Vou chamar o alfaiate — reclama Vivian.

Vinte minutos depois, Lana tomou banho e teve suas medidas tiradas. Está usando um vestido amarelo de verão sem mangas novinho em folha. Ela ainda tem algum cheiro de sal, mas acho que é o que acontece quando se vive boa parte da vida no mar.

— Agora saiam, vocês dois. Preciso limpar — ordena Vivian.

Da janela da varanda vemos o príncipe Mortimer na praia, ao lado do barco real. Jonah está de pé também; ele e Russell estão fazendo castelos de areia.

O príncipe Mortimer olha para cima, e Lana acena para ele.

O príncipe acena de volta e olha de um jeito zombeteiro para ela.

Lana faz uma mesura. Então me puxa pela mão e seguimos lá para fora.

O príncipe Mortimer observa enquanto nos aproximamos.

— Oi — cumprimento. — Se lembra de Lana? Ela abdicou da cauda para ficar com você, então espero que esteja feliz. — Eu não quero soar mal-humorada, mas acho que não consigo ser diferente. Estou mal-humorada.

— Você tem pernas! — exclama o príncipe.

Ela fica corada e concorda com a cabeça.

— Ela abriu mão da própria voz para ter essas pernas — afirmo.

Lana me lança um olhar azedo.

O que foi? Ela fez isso! Lana deveria me agradecer. Na história original, a Pequena Sereia não tinha tradutor e o príncipe nunca ficou sabendo que foi ela quem o salvou do naufrágio e acabou se casando com outra pessoa. Ele só sabe o que está havendo aqui graças a mim.

E talvez a Jonah, meu irmão, que no momento está brincando para deixar sua silhueta de anjo na areia.

Principalmente graças a mim.

— Quem liga para a voz! — exclama o príncipe. — Você está linda.

Não tenho escolha: reviro os olhos.

Ele pega a mão de Lana para girar a moça. Em seguida, ele fica de joelhos.

— Vou honrar meu pedido. Quer se casar comigo?

Ela assente, feliz.

Lana e o príncipe se abraçam. Todos na praia — o rei, a rainha, Jonah, Russell e o tripulante da marina real — batem palmas e festejam.

E eu? Sinceramente, não sei como me sinto. Por um lado, estou feliz porque Lana conseguiu o que queria. Ela queria se casar com o príncipe e isso vai acontecer. Ela vai ter seu final feliz.

Mas, por outro lado, ela:

1. Perdeu a cauda!
2. Perdeu a voz!
3. Perdeu seu reino submerso! Será que ela vai ver sua família de novo?
4. Está se casando com um sujeito que só gosta dela por causa das pernas!

Ainda que ela pareça feliz, não consigo não me sentir triste.

O príncipe pega Lana pela mão.

— Vamos nos casar imediatamente. Em três dias. Teremos um baile no salão, é claro.

É claro? Podia jurar que ia ser na praia.

Lana o segue para o interior do palácio. Para alguém que recém-conquistou as pernas, ela tem um andar bem gracioso.

— Viu? — aponta Jonah, correndo na minha direção e coberto de areia. — Deu tudo certo.

— Tudo não — reclamo. Não consigo afastar a sensação de tristeza.

— E agora?

— Acho que vamos para casa.

— Já? — Ele olha saudoso para o mar. — Você não acha que podemos ficar mais alguns dias? Só até o casamento? Assim teremos certeza de que Lana se casou e conseguiu seu final feliz. Que horas são em casa?

Olho no meu relógio.

— Três da manhã.

— Ótimo — comemora ele. — Temos então quatro horas até mamãe e papai decidirem nos acordar. O que equivale a quatro dias. Vou andar de caiaque.

Eu seguro seu braço antes que consiga sair.

— Precisamos procurar o portal!

— Nós vamos! Nós vamos! — diz. — E se nos separarmos?

— Tudo bem — concordo. — Parece lógico.

Ele retorce o nariz.

— Você checa os móveis — sugere ele.

— Já verificamos os espelhos. Acho que posso tentar as cadeiras e as mesas agora. E você vai procurar onde?

— Estou feliz por ele finalmente concordar em trabalhar.

Quando ele corre para a praia, se vira para mim e grita por cima do ombro:

— Vou procurar em todos os caiaques!

Eu caí direitinho dessa vez.

Capítulo treze

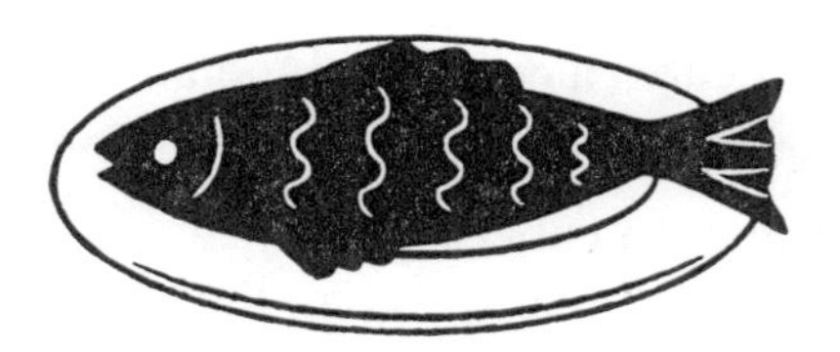

Tradução interrompida

No dia seguinte, estamos na sala de jantar tomando chá e discutindo detalhes do casamento.

A chef Carolyn não consegue evitar encarar Lana.

— Ela é mesmo uma sereia? — pergunta, de olhos arregalados.

— Ela era, mas abriu mão — explico.

— Eu ia gostar se ela falasse! Tenho tantas perguntas a fazer!

O príncipe pigarreia.

— De volta ao menu — diz ele. — Chef Carolyn, gostaria que você preparasse linguado, tilápia e atum albacora. Um cardápio com peixes em homenagem a minha Pequena Sereia!

Os olhos de Lana ficam do tamanho da xícara de chá.

— Qual o problema, docinho? — pergunta o príncipe Mortimer, acariciando o joelho dela. — Você não gosta de atum?

Ela balança a cabeça com veemência.

— E de linguado, você gosta?

Ela balança mais a cabeça.

— Então do que você gostaria de se servir? — pergunta ele.

Ela balança a cabeça indicando que não e depois faz um movimento sinuoso com as mãos.

— Ela não quer peixe. Deve querer lagosta. Perfeito! — Ele a beija na testa, levanta e sai da sala.

Os olhos de Lana se enchem de lágrimas.

— Você não quer a lagosta? — pergunto.

Ela balança a cabeça.

— Espere, tô confuso — diz Jonah. — Você queria lagosta ou não?

Ela balança a cabeça de novo.

— Sim ou não?

Lana encosta a cabeça na mesa e suspira.

O que eu posso dizer? É complicado se expressar sem voz.

Desde que ficaram noivos, não parece que o príncipe e Lana estão se entendendo. Lana concorda com a cabeça ou discorda, mas é complicado responder perguntas como "O que você quer que seja servido no jantar"? Não dá para responder essa apenas assentindo ou negando.

Vivian chega na sala apressada, agarrada a um cartão de papel.

— Vejam — chama ela. — O calígrafo terminou os convites do casamento. Não estão lindos? — Ela entrega um para Lana. — Mandarei um para sua família.

Lana balança a cabeça. Percebo que seus olhos ficam marejados, mas ela pisca para afastar as lágrimas.

— Você não vai convidar seu pai? — pergunto, impressionada.

Ela balança a cabeça de novo.

Seria tão mais fácil se comunicar se sereias soubessem ler e escrever.

— E suas irmãs? — pergunto. — Elas não vão ser suas madrinhas?

Ela aponta na minha direção.

— Eu? — pergunto. — Você quer que eu seja sua madrinha?

Ela concorda com a cabeça.

Uau! Eu nunca fui madrinha de ninguém. Mas eu sempre, sempre, SEMPRE quis ser madrinha! O vestido! O buquê! Não sei o que mais as madrinhas fazem, mas tenho certeza de que é divertido.

— Eu aceito! — comemoro. — Serei uma madrinha maravilhosa. A melhor das madrinhas. De todos os tempos. Mas espere aí... Se eu serei a única madrinha, isso faz de mim a dama de honra também?

Lana assente mais uma vez.

É a melhor coisa que já aconteceu comigo. Depois de entrar nos contos de fadas por meio de um espelho mágico, é claro.

Eu serei *a* madrinha e *a* dama de honra da Pequena Sereia! Quem mais teve essa honra? Ninguém! Só eu!

— Mas você tem certeza de que não quer chamar suas irmãs?

Ela balança a cabeça e baixa o olhar na direção do convite.

— Leia em voz alta! — pede Jonah.

Do outro lado da mesa, olho para ele com recriminação.

Ele fica corado.

— Ah, é. Eu me esqueço de que você não pode falar.

— Ela também não pode ler — digo. E, de repente, algo se acende na minha mente. — Tenho uma ideia! Uma ideia que vai consertar tudo. Tá, tudo não, mas certamente resolve os problemas de comunicação.

Lana me olha ansiosa.

Fico esperando Jonah simular um rufar de tambores ou algo assim, mas já que ele não faz nada, eu me viro para Lana e começo:

— Vou ensinar você a escrever! Se conseguir escrever, será capaz de se comunicar com o príncipe Mortimer. E com todos os outros. Então não será tão frustrante não ter voz. Quando alguém te fizer uma pergunta, basta você escrever a resposta!

— Excelente ideia, Abby — elogia Jonah. — Acho que vou jogar tênis enquanto você faz isso. Russell está tendo aulas agora, mas talvez eu consiga convencê-lo a dar uma fugida.

Dou um suspiro.

Lana aponta para o convite.

Eu não entendo o que ela quer dizer com o gesto.

— Você quer que eu leia para você?

Ela balança a cabeça, dizendo não. Depois assente. E balança, dizendo não de novo. Ela aponta para si mesma, depois para seus olhos e por fim para o convite.

— Acho que também quer você ensine a ela como *ler* — diz Jonah.

— É claro! Ler e escrever caminham lado a lado. — Ajeito meus ombros. — Me chame de professora Abby. — Só preciso de um par de óculos e de um blazer. Ah, e de lápis. E papel. — Jonah, antes que desapareça pelo restante do dia, por favor me consiga papel e alguns lápis.

Jonah se apressa. Quando volta com papel e lápis de cores diversas, eu os espalho pela mesa.

Lápis, ok! Papel, ok!

E agora? Eu, na verdade, nunca ensinei ninguém a ler. Por onde eu começo?

— Tá bom, tchau! — despede-se Jonah.

— Espere! Jonah! Você acabou de aprender a ler, não foi?

— Sim — responde. — Esse ano.

— Você pode, hum, me dizer por onde começar?

Ele se inquieta perto da porta.

— Que tal começar pela letra A?

Eu concordo com a cabeça.

— Então passaremos por todas as letras, e ensinarei a Lana o som de cada uma delas. Obrigada. Pode ir agora.

Ele sai correndo pela porta.

Escrevo um A maiúsculo. Não há necessidade de confundi-la com letras minúsculas agora.

— O A tem um som de "ahhhhh". Ahhhh! — enfatizo. — Às vezes o a tem som de "ei", como em "Abby"! Sou eu. Animal e antes também começam com A. Vou escrever e depois você copia, tá bom?

Escrevo um A bem grande, e, em seguida, ela o copia dez vezes.

Dou um sorriso.

— A de Acertou! Vamos agora ao B. Você sabe que palavras começam com a letra B?

Ela balança a cabeça em negativa.

— B de banda — digo. — E de brinco. E, melhor ainda, de baile!

Capítulo catorze

Leia e chore

Lana aprende depressa. No fim do dia ela já sabe o alfabeto inteiro. Na véspera do casamento, ela já consegue ler e escrever.

Ajuda termos contratado o tutor de Russell. Vou admitir: não sou assim tão boa para ler e escrever. Mas a ideia foi minha, então, obrigada, aceito os créditos.

Lana decide não contar ao príncipe Mortimer o que está planejando. Ela quer que seja surpresa. Como ele está sempre surfando, andando de caiaque ou praticando windsurfe, não parece um problema.

Quando Lana está descansando, nós estamos envolvidos com os preparativos para o casamento. Vamos experimentar vestidos com o alfaiate real. O vestido de noiva de Lana é perfeito — branco, tomara que caia e ajustado em cima, enquanto a saia é imensa e rodada.

Meu vestido de dama de honra tem mangas japonesas, decote coração e a saia é curta. É bem maravilhoso — e amarelo, é claro.

E, sendo dama de honra, é meu dever ajudar Lana a se preparar para a marcha nupcial ao entrar na igreja. Faço com que ela treine o andar. Calcanhar-dedos, calcanhar--dedos, calcanhar-dedos. Uma vez li um livro sobre uma modelo, e foi assim que a ensinaram a andar na passarela. Acredito que seja igual em um casamento.

Até eu treino um pouco meu andar — como dama de honra, tenho que ter certeza de que não vou tropeçar.

Ser dama de honra é muito importante, sabe como é E toma bastante tempo.

Meu trabalho é manter Lana feliz e despreocupada pelo dia todo. E também devo ajudá-la a arrumar o cabelo e cuidar das unhas das mãos e dos pés, então estou paranoica.

Agora que já é véspera do casamento, enquanto Lana estuda com o tutor de Russell, eu tento localizar o portal que nos levará para casa. Bato em tudo o que vejo. Cabeceiras das camas. Potes, Escadas. E nada funciona.

Jonah deveria estar me ajudando, mas está muito ocupado "de férias".

— Pode, por favor, me ajudar? — pergunto a ele, quando o encontro plantando bananeira na piscina.

— Abby, tenho certeza de que será algo no casamento O portal normalmente surge no *fim* da nossa aventura.

— Jonah, é claro que surge no fim da aventura! Quando o encontramos, nós vamos embora!

— Não é verdade — diz ele, boiando na água. — Nós esperamos até o final feliz estar garantido, e então vamos embora. O final feliz aqui ainda não está garantido.

— Praticamente — afirmo.

— Pois eu tenho certeza de que vamos encontrar o portal amanhã — declara ele. — Por que você não vem nadar?

— Só porque você está de folga, não quer dizer que eu possa fazer o mesmo — bufo. E está muito quente também. E a piscina não parece muito refrescante. E parece funda. Enfim, tenho outras coisas para fazer.

Deixo meu irmão culpado na piscina e vou ver como Lana está.

Ela rabisca um pedaço de papel. Está escrevendo! Meu plano funcionou totalmente!

— O que você está escrevendo? — pergunto.

Ela pega um papel em branco e escreve: CREVENDO PESENT PO PRIN.

Tá, ela não sabe soletrar muito bem, mas qual é? Há dois dias ela nem sabia que seu nome começava com a letra "L". Vamos ter paciência.

— Legal — digo.

Ela concorda com a cabeça. Suas bochechas ficam coradas de felicidade.

— O que foi?

Ela aponta para o lápis sobre o caderno.

No caderno está escrito:

"ERA UMA VEZ UN SEREA PRINCES. NO NIVERSAR DE 15 DELA ELA VIU UM PRIN CAI NA ÁGUA..."

— Ah — dou um gritinho. — É a história de como vocês se conheceram!

Ela assente de novo.

— Ele vai ficar impressionado — comento. — Espere, Lana, quero te perguntar uma coisa. Por que não quer convidar sua família para o casamento?

Ela suspira. Pega um pedaço limpo de papel e escreve:

"ELES NÃO PODE NA TERRA. E DEVEM ESTÁ MUI ZANGADOS COM MIGO. NÃO É VONTADE DE COMEMORAR."

— Você tem certeza? Poderíamos mandar um convite... Você não sabe o que eles podem dizer.

"NÃO", escreve ela. "NÃO PODEM LÊ."

Ah, certo.

Que triste! Ela pensa o mesmo porque a vejo franzindo o cenho enquanto observa pela janela com vista para a água.

O lado bom disso tudo: ainda sou a dama de honra!

Capítulo quinze

Sua cama está pronta

Naquela noite, todos nós comemos juntos na sala de jantar.

E o jantar está delicioso. A chef Carolyn fez um churrasco americano. Tem cheeseburgueres, milho cozido e salame grelhado. E, é claro, mostarda. De sobremesa, nos servimos de torta de banana e bolo de limão. Esse pessoal sabe o que é comer bem, ainda que a maioria dos pratos seja amarelo.

Na hora da sobremesa, Lana se levanta e entrega uma caixa ao príncipe Mortimer. Há um laçarote amarelo que mantém a caixa fechada.

— O que é isso? — pergunta ele.

Ela sorri.

— É o presente de casamento dela para você — explico, sem estragar a surpresa, mas explodindo de ansiedade.

Não é incrível que ela tenha aprendido a escrever em dois dias? Ela é incrível! E a ideia foi minha! Eu sou a melhor dama de honra que já existiu!

O príncipe Mortimer desfaz o laço, abre a caixa e de lá tira um belo monte de papel unido por um outro laço Na primeira página: "Nossa história, por princesa Lana.

— Que legal — diz o príncipe antes de pousar o papel ao lado do prato. E então volta a atenção para o bolo de limão.

A expressão de Lana é de choque

Eu estou em choque.

— Você não vai ler?

— Estou comendo a sobremesa — explica ele, dando outra garfada. — Hummm.

É visível em seu rosto que Lana desmorona

Não, não, não, não.

— Mas você não vê como isso é importante? Lana escreveu! Ela mesma! Ela aprendeu a ler e a escrever para que vocês pudessem se comunicar!

O príncipe Mortimer dá um longo gole no suco de abacaxi antes de continuar:

— Por que Lana precisa ler e escrever? Ela é uma princesa. Só precisa sorrir, dançar e ser bela.

Deixo o garfo cair, e ele tilinta ao bater no prato

Jonah fica de queixo caído.

Lana engasga. Ela olha para o príncipe e em seguida para mim. Depois balança a cabeça. Então afasta a cadeira da mesa e sai correndo da sala.

Todos na mesa dão de ombros.

— Acho que ela não gosta de bolo de limão — conclui o príncipe, e continua a comer. — Sabe o que podemos ter no casamento? Torta de limão e merengue.

Quando chego ao quarto de Lana, no fim do corredor do lado oposto ao meu, ela está andando de um lado para o outro.

— Eu sinto muito pelo que aconteceu — digo.

Lana joga os braços para cima. Pega um pedaço de papel e uma caneta, e escreve:

"ACHO QUE COMETE UM GRANDE ERO."

Também acho que ela cometeu um grande erro. E eu avisei desde o início. Não que agora eu precise lembrá-la, dizendo "Eu avisei" . Embora eu realmente quisesse fazer isso.

Mas não vou.

Os olhos dela se enchem de lágrimas, e ela continua a escrever:

"EU ABRI MÃO DE TUDI PARA ESTAR AQUI. MINHA FAMÍLIA. MINHA CASA. MINHAS IRMÃS!! MEU PAI! AH, COITADO DO MEU PAI."

— Qual o problema com seu pai? — pergunto. — Ele não é o rei?

Ela concorda com a cabeça.

"DESDE QUE MINHA MÃE MORREU, HÁ 10 ANOS, ELE SENTE QUE ESTÁ SOSINHO."

Coitado do pai dela. Primeiro perde a mulher e agora perde a filha, de certo modo. Eu me sento em sua cama, perfeitamente arrumada, e fico impressionada. Ela sabe fazer a cama direitinho.

"O QUE EU FAZ AGORA?"

Enquanto olho para a cama, eu me lembro de uma das expressões favoritas da minha mãe:

— Fez a fama, deita na cama — digo.

Ela balança a cabeça e escreve:

"VIVIAN FEZ A CAMA."

Ah. Certo. Ela provavelmente fez a de Jonah também. Eu, por outro lado, fiz minha própria cama, obrigada. De qualquer forma, não é sobre isso que estamos falando.

— É uma expressão — explico. — Quer dizer que não sei bem o que você pode fazer, além de se casar. — E não estou dizendo isso porque sou dama de honra. Eu juro. — Você não pode voltar para sua família. Não tem mais cauda. Você consegue nadar desse jeito que está agora?

Ela balança a cabeça para negar.

— E, de todo modo, você não pode cancelar o casamento. Se ele se casar com outra pessoa, você... — Minha voz falha.

*

A não ser que o acordo com a bruxa do mar tenha sido mudado. É possível, não? Já que a história está diferente?

— A bruxa do mar te disse que, se o príncipe se casar com outra pessoa, você vai... vai... estar sem vida na manhã seguinte? — Não consigo dizer a palavra "morrer".

Ela concorda com a cabeça.

Porcaria.

Não podemos deixar que aconteça. Seja como for.

Capítulo dezesseis

Por outro lado

É o Dia C. Dia do Casamento.

E o Dia D: Dia da Dama de Honra.

E também o Dia IEC: Dia de Ir Embora para Casa. Supondo que conseguiremos encontrar o portal. O relógio mostra que falta pouco para as seis, então, tecnicamente, ainda temos até amanhã. Mas não quero me atrasar.

Passo a manhã no salão real me preparando. Quando lavam meu cabelo com um maravilhoso xampu e condicionador com cheiro de limão, eu me recosto e fico admirando os lustres dourados sobre minha cabeça. Então enrolam meu cabelo e, enquanto ele seca, colocam meus pés em uma pequena banheira para me preparar para o pedicuro.

Ahhhhh.

É ainda mais relaxante que a jaccuzzi se é que isso é possível.

Lixam minhas unhas dos pés e as pintam de dourado. E, em seguida, fazem o mesmo com as das mãos.

É muito glamour. Estou me sentindo como Dorothy em *O mágico de Oz*, quando ela está se arrumando antes de conhecer Oz.

Lana e a rainha estão no salão real também.

Lana quase não fala. É claro, ela não pode falar. Ela também não consegue escrever quase nada. Apenas mantém o olhar perdido no horizonte, parecendo miserável.

Por outro lado, a rainha não para de falar.

— Todos virão — diz ela. — Até a família real de Melancia estará aqui. Trarão sua adorável filha, Alison. Lana, querida, ela deve ter sua idade e estuda aqui em Mostarda. Aposto que vocês serão amigas.

Lana dá de ombros.

Uma bela princesa chamada Alison? Não consigo não pensar se seria com ela que o príncipe Mortimer se casava na história original. Tanto faz. Nesta história ela *não* vai se casar com ele.

E... Melancia? Sério?

Enquanto minhas unhas secam, meu cabelo é arrumado num coque muito bacana e elaborado, com prendedores dourados para manter os fios no lugar. Borrifam até uma purpurina dourada para que fique brilhando. Em seguida cuidam da minha maquiagem.

Maquiagem!

Já usei um pouco do blush da minha mãe antes, de brincadeira, mas eu nunca fiz uma *maquiagem* completa.

Usam blush cor-de-rosa! E sombra dourada! E rímel! E um gloss rosado! Quando terminam, eu pareço mais velha. Aparento pelo menos uns 13 anos.

Lana ainda está sendo maquiada, então digo a ela que nos encontraremos na suíte em meia hora para ajudá-la a se vestir.

Falta uma hora para o casamento!

As pessoas ao redor do palácio estão agitadas e falantes, preparando tudo. Dou uma olhada no salão para saber como está, e vejo pelo menos cem cadeiras douradas arrumadas, com um corredor no meio delas.

Pratico como caminhar na cerimônia de casamento enquanto volto para o quarto. Calcanhar-dedo, calcanhar--dedo. Devagar e com firmeza. Tento manter meus ombros abaixados como minha avó sempre me instrui a fazer.

Sinto falta da minha avó. Ela teria tanto orgulho de saber que sou *a* dama de honra da Pequena Sereia.

Troco de roupa e visto meu vestido amarelo de dama de honra e depois corro até a porta do quarto de Lana para ver como ela está se saindo. Bato uma vez. Duas. Três. Posso ouvir que ela está lá dentro, mas ela não responde.

Ah, certo. Ela não pode falar.

Finalmente a porta se abre.

Ela está pronta, de véu e vestido. Seu cabelo cai suave em cachos nos ombros. Ela está linda. É claro, sempre foi linda, mas agora está supermegalinda. Tipo uma princesa. Tipo uma princesa *de verdade*. Não! Uma princesa dos contos de fadas.

— Você está linda. — Recupero o fôlego.

Ela dá de ombros.

Então reparo em seu rosto.

Seus olhos estão arregalados, a pele, muito branca. Ela morde o lábio inferior com tanta força que acho que está sangrando. A mão direita também está ferida em meio ao cabelo, que ela parece estar puxando. Complicado. Ela parece apavorada.

— Lana, você não parece bem. Quero dizer, você está linda, mas também parece que quer vomitar.

É exatamente o que uma noiva deseja ouvir no dia do casamento. Talvez eu não seja a melhor das damas de honra, no final das contas.

Lana fecha os olhos e logo em seguida os abre, parecendo estar ainda mais enjoada.

Não sei bem o que fazer. Ou o que dizer. Sendo a dama de honra, é meu dever fazer com que ela se sinta melhor. E guiá-la até o altar. Mas como posso convencê-la a enfrentar esse casamento se ela parece tão infeliz? Por outro lado, se ela não se casar com o príncipe Mortimer, o que vai acontecer? Nada de bom. Algo de muito ruim, na verdade.

Alguém bate à porta.

— Meninas, sou eu! Jonah! Posso entrar?

— Sim — digo, nervosa e observando Lana.

— Todos estão esperando — avisa ele ao entrar num rodopio. — Vocês duas estão prontas?

Jonah está adorável. Está de smoking preto com uma gravata-borboleta mostarda. Eu gostaria de ter uma câmera para tirar uma foto e mostrar aos meus pais. Mesmo assim eles iriam imaginar por que nós estávamos em um evento elegante sem eles. Ia ser difícil de explicar.

Lana respira fundo. E então assente. Ela sai marchando do quarto, e vamos atrás dela. Ela vai ser feliz, não é? Tudo vai dar certo.

Tem que dar certo. Tem que, *tem* que, TEM que.

E o medo em meu estômago tem que ir embora.

Seguimos Lana escada abaixo em direção ao salão de baile. Por algum motivo, parece mais uma marcha fúnebre que um casamento. Talvez os casamentos sejam assim? Não é como se eu tivesse estado em um antes. Eu não sei de nada.

Vivian está nos esperando lá embaixo.

— Você está linda, princesa Lana! Você também, Abby. Peguem seus buquês. — Ela nos entrega um punhado de rosas amarelas e véu-de-noiva, unidas por um laço dourado.

Ahhhh, que lindo.

Jonah acena em nossa direção e entra para se sentar com os demais.

Dou uma olhadela pela porta aberta e vejo que a sala está lotada, tem pelo menos umas cem pessoas. O príncipe Mortimer está de smoking preto e gravata-borboleta mostarda, e já no altar. Flores amarelas estão espalhadas por todo lado — rosas, tulipas, margaridas e outras que não sei o nome. O salão está muito bonito. Mal consigo acreditar que arrumaram isso tudo em apenas três dias. Deve ter sido um novo recorde mundial.

Um violino começa a tocar.

— Abby — diz Vivian. — Você entra primeiro. Depois você, Lana.

Minha vez! Dou uma olhada em Lana.

— Você está bem?

Ela assente e faz um gesto para que eu vá.

Eu não quero deixá-la sozinha, mas acho que é o que devo fazer. Dou um passo à frente. Calcanhar-dedos, calcanhar-dedos. Estou andando! Estou andando! É divertido! Estou mandando *muito* bem! Consegui atravessar todo o caminho sem tropeçar!

Quando chego ao altar, o príncipe está sorrindo para mim.

Eu sorrio também. Talvez ele não seja tão ruim assim. Ele a ama, não é mesmo? E a fará feliz?

Ele está sorrindo para mim, não está? Olho para trás e percebo que na verdade ele está sorrindo para o próprio reflexo no vitral colorido da janela.

Hmm. Bom, pelo menos ele está sorrindo. Sorrir é bom, não é? Ele poderia estar de cenho franzido ao notar o próprio reflexo. Isso seria pior.

Olho para a frente e vejo Lana, esperando para entrar.

Todos se levantam e olham na direção dela.

Ela está realmente maravilhosa. Parece um pouco que vai vomitar, e provavelmente sou a única a notar isso.

O violinista começa a tocar a marcha nupcial.

Lana não se mexe. Só fica olhando para a frente. E olhando.

Ops. Gesticulo para que ela venha.

Ela continua olhando. Então puxa o cabelo. E dá um passo para a frente.

E um passo para trás.

E depois mais um para trás. Então dá meia-volta e sai correndo.

Capítulo dezessete

Antes tarde do que nunca

Um estrondo soa pelo salão.

O príncipe me olha, surpreso.

— Ela foi embora?

— Hum... — Certamente parece que ela foi embora.

— Talvez ela tenha tido vontade de fazer xixi ou algo assim?

— Ela não podia ter esperado o fim do casamento?

— Quando uma menina tem vontade, ela precisa ir logo — digo, sem acreditar muito que:

1. Estou falando sobre xixi com um príncipe; ou
2. Lana realmente teve que ir ao banheiro.

— Que tal eu ir ver o que está acontecendo? — proponho, nervosa. E então, sem esperar que ele responda, saio correndo. Não tenho tempo para um caminhar do tipo calcanhar-dedo, apenas corro do salão.

Devo mesmo ver se ela está nos banheiros? Percebo que vai ser necessário porque, assim que saio do salão, vejo que a porta da entrada está escancarada.

Lana saiu do palácio. Ela é oficialmente uma noiva em fuga.

Eu corro atrás dela e a vejo na praia, segurando o vestido para cima e com os joelhos dentro d'água.

— O que está fazendo? — pergunto. — Você deveria estar se casando!

Ela balança a cabeça.

— Você não vai se casar?

Ela balança a cabeça de novo.

— Mas e o príncipe?

Balança, balança e balança.

— Mas você sabe o que isso significa! Se ele se casar com outra pessoa, você vai morrer!

Seus olhos se enchem de lágrimas, e ela concorda com a cabeça.

Eu acelero o passo pela areia. Isso não é bom. Não é nada bom. Se o príncipe se casar com outra pessoa, Lana estará em apuros. De verdade. Todos estaremos em apuros porque esse definitivamente não é um final feliz. É um final terrível. É o mesmo final da história original! Respiro fundo e tento me acalmar. Não é como se ele fosse se casar com outra pessoa *hoje*. Temos algum tempo para tentar resolver isso. Talvez o príncipe aprenda a ser menos babaca e ela acabe mudando de ideia. Talvez possamos achar um outro príncipe com quem ela queira se casar e isso funcionaria afinal.

Ouço a voz de Jonah da entrada do palácio.

— Abby! O que está acontecendo?

Acho que preciso avisar a todos que não haverá casamento. Se eu soubesse que cancelar o casamento estava entre minhas tarefas de dama de honra, talvez eu não tivesse ficado tão animada com a função.

— Fique aqui — peço finalmente. — Não entre na água. Não quero que se afogue. Vou conversar com o príncipe Mortimer.

Ela fecha os olhos de alívio, e eu volto para o palácio caminhando devagar.

Todos olham para mim quando entro no salão.

— Espero que ela esteja vindo agora — bufa o príncipe Mortimer. Seu rosto está vermelho. E ele parece furioso.

— Hum, acho que não — digo timidamente, ainda no meio do caminho até ele.

— Querida, quanto tempo ela vai demorar para voltar? — pergunta a rainha, verificando seu relógio de ouro.

— Um bom tempo — respondo. — Acho que ela quer... — Tenho que dizer a verdade. — Acho que ela quer cancelar o casamento.

Centenas de engasgos ecoam pelo salão. Eu estremeço.

— Está brincando!

— Cancelar o casamento?

— Não se casar com o príncipe?

— Ela é *louca*?

A expressão do príncipe desmorona.

— Não acredito que ela faria isso comigo — grita, parecendo genuinamente magoado.

Ainda que ele tenha sido bastante insensível, impossível eu não sentir pena dele agora. Ninguém quer ser abandonado no altar.

A rainha dá um pulo.

— Como ela ousa fugir assim?!

O rei se levanta e fica a seu lado, então se vira para a multidão.

— Caras, sabemos que todos vocês vieram para ver um casamento real hoje. Teremos um casamento real hoje. Morty, deve haver outra pessoa aqui com quem você possa se casar.

Meu coração para de bater. Como é que é? Ele está brincando? Ele só pode estar brincando.

A rainha assente.

— Sim! A princesa Alison está aqui. Morty, você se casaria com ela?

— Deixe-me vê-la — pede o príncipe.

A rainha gesticula na direção da princesa Alison.

— Querida, você pode ficar de pé, por favor?

A princesa Alison se levanta e faz uma mesura. Ela tem cachos muito bem-feitos e me parece familiar. Já sei! É a menina da escola! A que foi buscar ajuda quando encontramos o príncipe Mortimer na Praia Crescente! Ela é a princesa de Melancia, não é isso? Não me surpreendo ao ver que está usando um vestido acetinado vermelho, com uma faixa e sapatos verdes.

O príncipe concorda com a cabeça.

— Eu me caso com ela. Gosto do cabelo. Ela é bonita
O rei bate palmas.

— Fantástico. Alison, gostaria de se casar com nosso filho?

— Tá, tudo bem — diz ela, enrolando um dos cachos no dedo e estourando uma bola de chiclete em seguida — Ele é bonitinho.

— E seus pais? O rei a rainha de Melancia, eles concordam? Vocês concordam com essa união?

— Concordamos! — exclama o rei, com um enorme e bobo sorriso nos lábios e uma gravata-borboleta vermelha e verde em volta do pescoço.

Isso não está acontecendo. ISSO NÃO ESTÁ ACONTECENDO.

— Isso não está acontecendo! — grito

Jonah bate no meu braço e sussurra:

— Tenho total certeza de que está acontecendo sim.

— Ótimo — afirma o príncipe Mortimer. — A música pode recomeçar. Você quer vir andando novamente até o altar ou simplesmente subir agora?

— Vou subir — responde a princesa Alison. Ela dá um jeito de atravessar a multidão, ajeita o vestido e segue em direção ao altar. — Com licença — diz ela a Jonah e a mim, quando se espreme para passar por nós.

— Que casal perfeito — ressalta uma mulher sentada ao nosso lado. — Ela é princesa, ele é príncipe. Ele é bonito, ela é bonita. Eles combinam como batatas fritas e mostarda!

— Qual o problema de vocês? — dou um grito. — Mostarda não combina com batatas fritas! Catchup combina com batata frita! Ou maionese, em alguns países. Ou talvez uma mistura dos dois se você gosta desse tipo de coisa. Mas mostarda não! Mostarda nunca!

Todos ficam me encarando.

Estou descontrolada?

— Eu concordo — diz Jonah. — Vamos, Abby. Precisamos ajudar Lana.

Sim, definitivamente precisamos ajudá-la. Porque o príncipe Mortimer vai se casar com outra pessoa, o que quer dizer que Lana estará MORTA pela manhã.

A não ser que possamos salvá-la.

Capítulo dezoito

Natação noturna

Encontramos Lana sentada na areia, encarando o pôr do sol com tristeza.

— Você precisa conversar com a bruxa do mar — digo a ela. Lana precisa convencer a bruxa a desfazer o feitiço.

Ela aponta para a boca e depois para o peito.

— Você não pode respirar embaixo d´água — disparo.

Ela concorda com a cabeça.

— Tem um jeito de trazermos a bruxa do mar para a terra firme? — pergunto.

Lana balança a cabeça e faz uma ondulação com a mão, lembrando uma cauda.

— Ela não tem pernas — confirmo. — Mas ela é uma bruxa; pode fazer o que quiser.

— Ela provavelmente não quer vir até aqui — sugere Jonah. Ele pode ser irritantemente lógico.

Argh! Temos que consertar isso! Estamos ficando sem tempo!

— Talvez a princesa Alison não se case com o príncipe Mortimer — observa Jonah. — Talvez ela dê uma de Lana e fuja no último minuto.

E é quando ouvimos palmas dentro do palácio e um coro de "Parabéns!"

— Já era — murmuro.

— Ah! Ah! — guincha Jonah. — E aquela poção que Carolyn mencionou? Lembra? A que sua tataravó usava para ir para o fundo do mar? A poção do cuspe?

Eu balanço a cabeça.

— Você acha que aquilo funciona?

— Bom, devemos tentar. Que outra opção temos?

Ele tem razão.

Encontramos Carolyn na cozinha, cortando limões.

— Você se lembra da poção que sua tataravó usava para ficar embaixo d´água? — pergunto.

— Como eu poderia me esquecer? — dispara ela, com uma risada.

— Você sabe como prepará-la?

— Se eu me lembro dos ingredientes? É claro que sim. Cuspe de sereia, uma colher de sopa de sal marinho, três ovos de peixe, uma colher de sopa de água, uma colher de chá de club soda e uma pitada de alga. Sempre quis fazer essa poção, mas tem sido difícil encontrar cuspe de sereia.

— Nós temos o cuspe — digo. — Precisamos de um pouco de poção para Lana respirar embaixo d'água.

— É claro — concorda ela, abaixando a faca. — Faria qualquer coisa pela minha sereia favorita.

Ela reúne todo o material de cozinha que precisa, mistura tudo num copo de vidro e sai conosco para entregar o copo a Lana. Lana cospe lá dentro e dá um gole. Então dá meia-volta e se apressa na direção do mar, mergulhando. Em dois segundos ela emerge, engasgando e balançando a cabeça.

— Acho que não funciona — aviso.

— Talvez agora, já que ela tem pernas, não funcione, porque seu cuspe não é mais de sereia — diz Carolyn.

Lana se inclina para a frente e escreve na areia.

— EU NÃO TENHO UMA CAUDA, MAS SEMPRE SEREI UMA SEREIA.

— Nesse caso — explica Jonah —, talvez uma sereia não possa usar o próprio cuspe. Ou talvez o feitiço só funcione em humanos.

Carolyn balança a cabeça.

— Ela é uma sereia! Ela mesma disse isso!

Jonah puxa minha mão.

— Você sabe o que isso quer dizer, né? Talvez funcione com a gente.

Huh?

— Com a gente?

— Sim — diz ele. — Somos humanos.

— Eu sou, realmente. Não sei bem sobre você.

— Sério, Abby. Vamos testar a poção.

— Duvido que vá funcionar — falo, meu coração martelando no peito.

— Posso apostar que vai — avisa ele. — Vamos conseguir respirar embaixo d'água! Vai ser divertido!

— Tubarões. Ondas. Sal na nossa boca. Nada disso parece divertido. E logo estará escuro. Como iremos enxergar?

Não posso fazer isso. Simplesmente não posso.

— Não tem luz no seu relógio? — pergunta ele.

— Sim.

Como se a luz de um relógio à prova d'água fosse o bastante para eu me arriscar no oceano.

— Vamos apenas tentar. É a nossa única chance.

— Temos outras opções? — pergunto, minha voz falhando. — Deve haver. Talvez Carolyn queira tentar?

Carolyn balança a cabeça.

— Eu? Ficou maluca? Eu como tubarão. Mas não vou deixar que eles façam o mesmo comigo!

— Você come tubarão? — pergunta Jonah, os olhos arregalados.

Ela concorda com a cabeça.

— Farei um prato para você. É delicioso.

— Não, valeu — dizemos ao mesmo tempo.

Jonah olha para mim.

— Acho que cabe a nós então. Vamos lá!

Fico toda arrepiada. Ele quer que eu vá para baixo d'água. Sem colete salva-vidas. Sem ar.

Eu não posso. Eu não posso. Eu não posso.

Eu *preciso*.

Começo a assentir devagar.

Lana entrega o copo para Jonah.

— Tim-tim! — grita ele, e dá um golão. — Tem gosto de sushi!

Reviro os olhos.

— Você já comeu sushi?

— Não, mas aposto que tem esse gosto. Seria bom colocar um pouco de catchup.

Quando Jonah termina, ele me entrega o copo e sai apressado na direção do mar, mergulhando de primeira.

— Espere, Jonah! — grito, mas é tarde. Ele está lá embaixo.

Então emerge.

— Funciona! Funciona de verdade!

— Ótimo. Isso é... ótimo! — Minhas mãos tremem. Antes de dar o gole, pergunto:

— Mas como vamos encontrar a bruxa do mar?

— Lana pode fazer um mapa — sugere Jonah.

Carolyn pega uma caneta e um papel do avental e entrega para Lana.

— Aqui.

Lana começa a desenhar. Quando ela termina, escreve no alto do papel:

"2 horas".

— Vai levar duas horas para chegarmos lá? — pergunto.

Lana assente.

É bastante tempo para ficarmos nadando. Duas horas para chegar à bruxa do mar, duas horas para voltar, mais o tempo que levaremos para convencê-la a nos ajudar? Pelo menos temos 12 horas restantes.

— A vocês! — diz Carolyn.

Eu concordo com a cabeça, e engulo um pouco da poção. Quase engasgo. Mas continuo engolindo, porque é preciso.

P.S.: Meu irmão tinha razão — um pouco de catchup ajudaria bastante.

Entrego o copo a Lana e então vou caminhando na direção da água. Da água *turva*. Não pode ser uma boa ideia. Eu já não nado muito bem de dia, como vou conseguir nadar direito à noite?

— Apenas mergulhe! — ordena Jonah.

Fico irritada por receber ordens do meu irmão mais novo, mas sei que ele tem razão. Entrar na água é como tirar um band-aid. Sempre dói menos se puxar de uma vez. A água está na minha cintura. Preciso mergulhar agora.

Certo. *Agora.*

— O tempo está passando — chama Jonah. — Vou mergulhar de novo!

— Jonah, espere! — grito, mas ele logo desaparece na arrebentação. No início vejo bolhas vindo à superfície, mas depois não vejo nada.

Não gosto quando as bolhas param. Com uma das mãos seguro o mapa, com a outra tampo o nariz. Fecho os olhos e mergulho.

Frio, frio, frio! Abro com cuidado meu olho esquerdo. No início está tudo borrado, mas logo clareia. É um sinal promissor. Meus olhos não ardem nem nada. Abro o olho direito.

Ao redor só vejo azul. Quilômetros e mais quilômetros de azul. Fico feliz que o sol não tenha se posto completamente ainda.

— Oi! — diz Jonah, nadando na minha direção. — Isso não é legal? Podemos falar!

Tenho medo de abrir a boca, engolir um galão de água e me afogar. Mas decido arriscar. Separo os lábios e tento respirar. E não fico asfixiada.

— Funciona! — digo, impressionada. Não tenho ideia de *como* funciona, mas está funcionando. Estou respirando e falando embaixo d´água. Não preciso de equipamento de mergulho.

Pensei que eu fosse direto para o fundo, mas não. Estou apenas flutuando. É como se eu fosse uma daquelas naves espaciais sem força gravitacional ao redor, e posso ir para cima ou para baixo ou para qualquer direção que quiser.

Nadamos em direção ao fundo.

Há peixes coloridos em todas as direções. Uma família de tartarugas serpenteia ao nosso lado. E há corais por toda parte. Eles me lembram limpadores de cachimbo ao sabor do vento. Amarelos, vermelhos, laranja, azuis e verdes. A água nem parece mais fria, é como um banho bem gostoso.

Jonah está se divertindo como nunca. Ele está rindo, dando cambalhotas. Está até cantando. Ele realmente precisa chamar a atenção de todas as criaturas marinhas para nossa presença?

— Você pode tentar ficar quieto? — peço, quando um peixe néon que tem o formato de um trompete bate o nariz contra meu joelho. Ele não parece gostar daquilo.

— Por quê? Isso é incrível.

— Jonah! Isso é sério! Você está agindo como se tivesse 2 anos de idade desde que chegamos aqui!

— E você tem agido como se tivesse 44 anos! — devolve ele. — Isso deveria ser divertido.

— Não, não deveria! — grito de volta, quando o peixe-trompete vai na direção do meu dedão do pé. — Estamos ajudando Lana.

— E por que ajudar Lana não pode ser divertido?

— Porque... porque... Você é impossível! — digo, e viro de costas para ele. — Vamos logo até a bruxa do mar terminar com isso. — Temos que seguir um cronograma. Precisamos encontrar a bruxa do mar. Mas primeiro temos que *achá-la*.

Puxo a mapa até a altura dos meus olhos. Mas infelizmente o mapa se desintegrou na água. Porcaria. Jonah se vira para mim e pergunta:

— Qual o problema?

— Diferentemente de nós, o mapa não é à prova d´água.

Ele morde o lábio inferior.

— Acho que eu me lembro do caminho. Vem comigo.

— Você acha ou você *sabe*?

Jonah dá de ombros.

— Eu acho.

— O tempo não para, Jonah!

— Bem — diz ele, nadando para a frente. — É melhor irmos logo então.

Nervosa, sigo Jonah. Em meio às algas, damos a volta no coral e passamos por cima de uma caverna. Eu me sinto mal por ter perdido a paciência com ele. Mas, honestamente, ele não leva nada a sério. A essa altura a água começou a ficar turva. Muito turva. Aperto o botão de luz do meu relógio para iluminar nosso caminho, e torço para que a bateria não acabe.

Nadamos pelo que parece pelo menos uma hora.

Eu não recusaria um lanchinho agora. Aquela poção de sushi simplesmente não deu para nada. Queria ter tido tempo de preparar uma quentinha com itens do bufê do casamento. Vou perder aquela torta de merengue de limão.

Quando passamos a caverna, Jonah vira à esquerda e aponta.

— Ali — avisa ele.

Faço com que minha luz ilumine mais à frente. Não tenho dúvidas de que ele acertou. Se alguém me pedisse para desenhar a casa de uma bruxa do mar, eu a faria exatamente assim.

As paredes são cinzentas e cobertas por um lodo escuro. O caminho até a entrada está cercado por barracudas e esqueletos de peixes que flutuam. Há um murmúrio ao nosso redor. Jonah desacelera e segura minha mão.

— Talvez devêssemos encontrar a campainha ou algo assim. A bruxa do mar não parece ser o tipo de pessoa que gosta de ser surpreendida.

Vejo um imenso batente no formato de um crânio humano. Trêmula, uso aquilo para bater à porta.

A porta rangente se abre devagar.

— Entrem.

Ouço alguém dizer. A voz definitivamente é feminina, mas baixa e rouca.

Atravessamos a entrada nadando, em pânico.

Lá está ela, sentada no meio da sala. Bem, não exatamente sentada. Deitada de lado em um sofá preto. Ela definitivamente não é como eu esperava. Ela é linda. É uma sereia, assim como Lana, mas sua cauda é de um tom escuro de roxo em vez de verde e laranja. Ela também é mais nova do que eu imaginava — parece ter a idade da minha mãe, mais ou menos. Tem cabelos negros na altura da cintura.

Ao lado do sofá há um grande pote cinza. Não, não é um pote. É um caldeirão. É feito de pedra, e bolhas fumegantes saem lá de dentro. Parece uma jacuzzi, mas uma jacuzzi bastante assustadora. Eu não quero nem chegar perto daquele caldeirão se for possível. Dou um passo para trás.

— Quem são vocês? — pergunta a bruxa do mar pausadamente. Seu tom de voz é vago e me faz ter vontade de me aproximar, mas resisto.

— Eu-eu sou-sou Abby — gaguejo. — E esse é meu irmão, Jonah.

— Olá — diz ela. — Sou Nelly.

Concordo com a cabeça.

— Estamos aqui representando Lana. Eu sou a... — faço uma pausa. — Sou a advogada dela.

Ela começa a rir.

— A advogada dela? Lana tem uma advogada?

Concordo com a cabeça de novo.

— Estou aqui para negociar um acordo.

— Como vocês conseguiram chegar aqui? Tomaram a poção do fundo do mar? — Nelly ri de novo. — Bom, é melhor que comece a negociar antes que não tenha mais tempo para nada.

— Certo — pigarreio, nervosa. Estamos no mar há umas duas horas, significa que ainda temos dez horas pela frente. Podemos convencê-la a nos ajudar, não é mesmo?

— Gostaríamos que o feitiço que você jogou em Lana fosse revertido — digo, a voz tremendo.

Ela arqueia a sobrancelha muito bem-feita.

— Qual deles?

Dou um meio sorriso.

— Todos eles?

— Vejamos — pondera Nelly. — Tem o feitiço que transformou sua cauda em pernas. Tem o que tirou sua voz. E há ainda o feitiço que diz que, se o príncipe se casar com qualquer outra pessoa, ela morre antes do próximo amanhecer, que ocorrerá exatamente às seis horas e cinco minutos.

— Desfazer todos seria bom — sugiro. — Mas o que diz que ela vai morrer com certeza é a prioridade.

— Desfazer um feitiço não custa pouco. O que vocês vão me dar?

Dou outro pigarro.

— O que você quer? — Ops. Acho que fui um pouco ingênua dessa vez. Vim para negociar com a bruxa do mar e não trouxe nada para dar em troca. É pior que falhar como dama de honra: estou falhando como advogada também.

Nelly olha para Jonah.

— O menino?

Jonah foge para meu lado.

— Hum, não. — Ainda que estejamos brigando, ela não pode ficar com meu irmão. — Tem mais alguma coisa que você queira?

Ela dá uma conferida em mim.

— O que é isso no seu pulso?

Olho para baixo.

— Meu relógio? Posso te dar meu relógio. — Não que eu queira lhe entregar o relógio, mas é claro que o faria para salvar a *vida* de Lana. Só não sei bem como encontraremos o caminho de volta até a praia sem luz. Acho que vou me preocupar com isso mais tarde.

A bruxa do mar assente.

— É minha oferta. Me dê o relógio.

— Certo — respondo. Talvez isso não esteja sendo tão difícil, no final das contas.

— E, pelo relógio, eu lhe darei uma faca. Você vai usá-la para esfaquear o príncipe. No coração. E então desfaço todos os feitiços. Lana poderá voltar a ser sereia.

Ela tá de brincadeira?

— Hum, acho que isso também não vai funcionar — constato. — Não vou matar ninguém.

É claro que o príncipe é um babaca, mas isso não quer dizer que eu o queira morto. E isso certamente não significa que eu sequer consideraria matá-lo. Eu quero ser advogada e não ter que chamar uma.

— Posso simplesmente te entregar o relógio e daí você desfaz os feitiços?

Ela bufa.

— Desfazer todos os feitiços por um relógio miserável? Não. Ou um de vocês mata o príncipe ou não terão nada. Quer saber? Eu nem preciso desse relógio. Eu e a garota tínhamos um trato. Era ela quem não estava satisfeita com a própria vida, embora tivesse *tudo*. Lana tinha uma família que a amava! Era uma princesa! Era bela! Mas não. Não, não, não. Ela queria ser *humana*. É uma idiota! Tão idiota quanto o pai!

— Mas ela não era feliz! — retruco. — Ela arriscou tudo por uma vida diferente. Ela não é idiota. Ela... ela... é corajosa! E você é uma covarde. Se esconde nesta caverna e rouba dos outros. Quer que todos sejam tão miseráveis quanto você.

Nelly pisca. E depois pisca de novo.

— A não ser que você tenha algo melhor que o relógio para trocar, pode ir embora agora.

E o que vamos fazer agora? Espere aí.

— Por que o pai de Lana é um idiota? — Penso em voz alta.

Ela ignora minha pergunta e, em vez de respondê-la, diz:

— Acho que é tudo. Samuel! Meu querido Samuel! Mostre a saída para essas crianças.

Meu querido Samuel?

— Não me diga que ela tem um namorado... — alfineto.

Mas não. Do nada um tubarão — um tubarão de verdade — vem nadando na nossa direção, com uma expressão perversa no rosto.

Não me espanta que a única companhia dela seja um tubarão; ninguém consegue gostar de alguém tão mau.

— Vamos sair logo daqui — aviso, e puxo Jonah para fora da casa.

Quando voltamos para a escuridão do mar, meu coração está batendo a mil por hora.

— Não deu muito certo — comenta Jonah.

— Não, não deu — concordo, me recostando em algo macio e esponjoso, que espero que não me devore. Tento recuperar o fôlego. — E agora?

— Sei de alguém que pode nos ajudar — revela Jonah.

— Quem?

— O rei do mar.

Eu concordo com a cabeça.

— Chegou a hora de encontrar o pai de Lana.

Capítulo dezenove

Varetas e pedras

— Eu me lembro que, no filme, o rei se oferece para ficar no lugar da Pequena Sereia — explica Jonah, quando voltamos a nadar. — Talvez ele queira fazer algo assim agora.

Meu coração aperta.

— E daí o rei morre no lugar de Lana? Não queremos que isso aconteça também!

— Vamos torcer para que ele tenha uma ideia melhor — diz Jonah. — Mas precisamos encontrá-lo para perguntar. Você não acha que nossos pais gostariam de saber se estivéssemos diante de uma situação de vida ou morte?

— Ficamos diante da vida e da morte toda vez que atravessamos o espelho! — devolvo.

— Verdade — concorda Jonah. — Mas ainda assim.

— Certo — digo.

Talvez o rei consiga convencer a bruxa a reverter o feitiço. Ou talvez ele tenha algo para trocar com ela. Ficou bem evidente que ele conhece a bruxa do mar; ela o chamou de idiota.

Então vamos falar com ele. Mas primeiro precisamos saber onde ele mora. E acho que não sabemos. Nadamos e nadamos, mas continuamos passando pela mesma caverna.

Estamos perdidos. Muito perdidos mesmo.

E há algo realmente assustador sobre se estar perdido no fundo do oceano, no escuro. Recifes de coral bege oscilam ao vento e lembram dedos tentando nos agarrar. Os peixes prateados parecem ter dentes.

Acendo a luz do relógio. Ele marca seis horas e trinta minutos, quer dizer que aqui é perto de meia-noite. Por quanto tempo mais conseguiremos nadar em círculos?

— Conhecemos vocês — diz uma voz.

— Você falou alguma coisa? — pergunta Jonah.

— Não — respondo. — Pensei que tivesse sido você. — Um arrepio percorre minha espinha. — Oi? — pergunto timidamente. — Tem alguém aí?

— Sim — responde outra voz.

— Estamos aqui — diz uma terceira voz.

Estamos cercados.

— Quem são vocês? — pergunto, e direciono o relógio para as vozes. A luz revela uma sereia. Não, cinco sereias. Todas com caudas verdes e laranja balançando. Os tops que usam me lembram alguma coisa, mas não sei dizer o quê.

— Somos as irmãs de Lana — revela a do meio. Ela tem o cabelo curto, mas louro como manteiga, e usa um agasalho branco. — Temos a espionado, mas não podemos nos aproximar da costa. Lana está bem?

— Não exatamente — informo, antes de explicar a história toda.

— Precisamos falar com meu pai — se exalta a irmã usando moletom de capuz roxo. — Ele tem que ajudar.

— Estávamos tentando encontrá-lo — explico. — Já não é o meio da noite? Aonde vão a essa hora?

— Estávamos em uma festa — diz outra, enrolando nervosamente o colar que usa. O cabelo castanho está bem preso numa trança, e ela veste uma blusa de gola verde-limão. — Já passou do toque de recolher, de todo modo. Vamos nos encrencar de qualquer jeito.

— Vale a pena por Lana — acrescenta a sereia de capuz de moletom. — Me sigam!

Seguimos a irmã de Lana por um caminho sinuoso, passando por cardumes de peixes listrados e pintados, corais vermelhos reluzentes e até por um navio com mais de 6 metros de comprimento, emperrado em um monte de pedras.

Duas das irmãs nadam ao meu lado, ambas usando o que parece muito com a parte de cima de um pijama.

Um pijama familiar.

Dou uma olhada nas irmãs. Capuz roxo. Blusa verde-limão. Agasalho branco. Espere um instante.

— São minhas roupas! — exclamo. — Vocês encontraram a minha mala!

Elas se viram para mim.

— Era sua? — pergunta a de capuz.

— Sim! — respondo. — Pensei que a tivesse perdido.

— Você a perdeu — murmura a de trança. — Achado não é roubado. — Ela parece ser a mais nova delas.

— Sasha — repreende a de cabelo curto e suéter branca. Vamos devolver as coisas deles. — Essa parece ser a mais velha.

— Podemos ficar com as raquetes de madeira e a bola? — pergunta a de capuz. — Inventamos um jogo usando as duas coisas; ficamos acertando a bola de um lado para o outro.

— É como se deve jogar — explica Jonah. — Chama frescobol.

— Amamos frescobol — revela ela.

— Eu também! — acrescenta Jonah. — Vamos jogar se tivermos tempo.

— Não há tempo para frescobol! — gritamos eu e a irmã mais velha ao mesmo tempo. Olhamos uma para a outra e sorrimos.

Logo chegamos ao que parece uma cidade. Está bem vazia, pois é o meio da noite, mas um restaurante ainda está aberto.

— Onde estamos? — pergunto.

— No Salties — comenta uma das irmãs. — É o melhor restaurante do Canal Central.

Algumas sereias e alguns tritões estão sentados do lado de fora, aproveitando a noite. Em vez de negro como piche, o canal é iluminado por algumas luzes no entorno.

— De onde essas luzes vêm? — pergunto para a irmã mais velha.

— Bioluminescência — explica ela. — Vida marinha que brilha no escuro.

Todos nos olham com curiosidade quando passamos nadando — somos os únicos sem caudas —, mas não paramos para admirar a vista.

Finalmente vemos o que parece ser o castelo. É tão legal, se não mais legal, que o palácio do príncipe Mortimer. É feito de pedras, falésias e coberto por um coral que o protege.

— Vamos direto para o quarto do meu pai — diz a mais velha. — Me sigam!

Escadas não são necessárias nesse palácio. Seguimos nadando sem parar até a sala do rei, lá não tem janelas. Não parece muito seguro aqui.

— Pai! — exclama a mais velha, nadando até a cama dele.

— Qual o problema, meninas? — pergunta o rei, abrindo os olhos.

Seus cabelos são escuros, já grisalhos nas têmporas. Tem também uma covinha no queixo.

Ele nos vê.

— Por que trouxe humanos aqui?

Conto rapidamente toda a história.

— ... entende? — digo. — Não sabíamos mais a quem recorrer. Você tem alguma coisa que a bruxa do mar possa querer? Ou poderia ordenar que ela desfaça o feitiço? Talvez ameaçar deixá-la na cadeia do mar?

O rei parece estar em choque, mas ainda assim percebo um brilho em seus olhos.

— Pobre Lana! Precisamos salvá-la o mais rápido possível. Meninas! Coletem todas as joias da família. Os colares! Os anéis! E todas as velharias da sua mãe.

— As joias não! — exclama uma das irmãs. — É tudo que ainda temos dela.

— Sua mãe ia gostar que fizéssemos assim. — O rei afasta o cobertor. — Venham, me sigam.

Capítulo vinte

Estamos de volta

— A decoração não é muito hospitaleira — informo, quando afasto do caminho um dos esqueletos voadores de peixe, e bato à porta.

Dou uma olhada no relógio. Temos que nos apressar. Estamos embaixo d'água por mais de nove horas seguidas. Ainda precisamos de duas horas para chegar de volta à praia.

— Vão embora! — grita Nelly lá de dentro. — Não pedi que parassem de me incomodar?

A porta aberta balança, e vejo que a bruxa do mar está com uma carranca. Mas de repente sua expressão muda. Suaviza. Ela pisca. E depois pisca de novo. Percebo que ela olha para um ponto acima da minha cabeça, então me viro e vejo que ela está encarando o rei.

E ele a está encarando.

— O que *você* quer? — pergunta ela.

O rei fica corado.

— Nelly — começo —, o rei está aqui para oferecer a vocês as joias dele. Caso você salve sua filha, Lana.

— Isso mesmo! — diz o rei, saindo do transe de repente. — Posso entrar?

Nelly afasta os olhos do rei e confere o restante do grupo.

— Todos vocês?

— Sim — digo. Ponho as mãos na cintura e fecho o punho, esperando que assim eu pareça desafiadora.

— Imaginei. — Nelly afasta o braço para o lado num gesto exagerado de boas-vindas, e nós oito entramos flutuando.

— Não a vejo faz anos — provoca o rei.

— É, não vê — confirma ela, mal pronunciando as palavras.

— Como vocês se conhecem? — pergunto.

— Frequentamos a mesma escola no ensino fundamental — explica o rei.

— Frequentamos realmente — confirma Nelly, cruzando os braços e batendo a cauda contra o chão. — Como eu poderia me esquecer? Você costumava me chamar de algo terrível.

Os olhos do rei se arregalam de surpresa.

— Que história é essa? Eu chamava você de Nelly-Viva!

Ela faz uma careta.

— Exatamente. Nelly-Viva. Porque eu o fazia lembrar uma água-viva.

— E por que isso é tão horrível? — pergunta o rei, o cenho franzido.

— Porque águas-vivas são irritantes e venenosas — devolve Nelly.

Eu preciso concordar com ela. As águas-vivas são os mosquitos do mar.

O rei balança a cabeça.

— Águas-vivas são inteligentes. E belas. E fascinantes.

— Não são, não — discorda Nelly, mas a voz é vacilante.

— São sim — afirma ele. — Eu chamava você de Nelly--Viva porque tinha uma quedinha por você.

Nelly fica vermelha.

— Você tinha?

Agora é a vez do rei ficar vermelho de novo.

Nelly emite um som estranho. Foi uma risadinha? Ela pigarreia.

— Ah. Eu sempre pensei que... — A voz dela falha. — Eu não imaginava. — Ela enrola uma mecha do cabelo escuro no dedo. E dá a risadinha de novo. Nelly está flertando? A bruxa do mar é *apaixonada* pelo rei?

— Bem, você sabe — acrescenta ele. Ele está todo ruborizado agora. — É bom ver você de novo.

Ai. Meu. Deus. E ele também *gosta* dela?

Mas logo depois ele balança a cabeça.

— Não. Não é nada bom. Você tem que ajudar minha filha.

Nelly cruza os braços.

— Eu não tenho que fazer nada.

Ele endireita a postura e deixa o flerte de lado.

— Temos joias para lhe oferecer. Em troca você muda o feitiço que lançou sobre Lana. Meninas, mostrem o que trouxemos. Nelly, pode ficar com o que quiser. Mas, por favor, poupe a vida da minha filha.

A filha mais velha se adianta e abre a mão para mostrar um anel brilhante.

— Tenho um anel de noivado de diamante.

A segunda filha abre a mão em seguida.

— Tenho brincos de esmeralda.

A terceira nos mostra um bracelete pesado.

— É de ouro catorze quilates.

A quarta sereia tem dois brincos de argola pendurados no dedo.

— São de platina.

Sasha, a mais nova, dá um passo à frente e aponta para o próprio pescoço.

— Estou usando um colar de madrepérolas. Acho que pode ficar com ele.

Espere um instante.

— Esse colar é meu! — exclamo.

Sasha dá de ombros.

— Você não quer ajudar Lana?

Suspiro.

— Pode ficar com ele — digo a Nelly.

A bruxa observa as peças.

— Hmm — fala. — São bonitos, mas eu já tenho minhas joias. — Ela balança o dedo na nossa frente, e notamos o brilho das joias. — Vocês têm alguma outra coisa?

— Hum... — Nós nos entreolhamos. Estamos de mãos vazias. Não temos mais nada.

— Você pode ficar com minhas raquetes de frescobol — oferece Jonah.

— O que é frescobol? — pergunta Nelly, intrigada.

— É um jogo — explica Jonah. — Você e a outra pessoa jogam a bola um para o outro. É bem divertido.

A expressão de Nelly se fecha.

— Não quero jogo nenhum — rosna ela. — Eu vou jogar com quem? Samuel não tem mãos. Se vocês não têm mais nada a oferecer, acho que terminamos.

Acende um alerta no meu cérebro. Ela não quer as *raquetes* de frescobol. Quer *alguém* para jogar frescobol com ela.

Antes eu achava que ninguém poderia amá-la porque ela era má. Mas talvez ela seja tão má *porque* ninguém a ama.

Já sei como salvar Lana.

— Você consideraria desfazer o feitiço de Lana em troca de um encontro? — solto de repente.

Nelly pisca.

— Como é que é?

— Um encontro — repito. Minha boca está seca. Isso precisa funcionar. Tem que dar certo.

Nelly fica corada e olha para baixo, na direção do chão arenoso.

— Um encontro com quem?

Olho para o rei. As bochechas dele estão tão vermelhas quanto as de Nelly. Ele é tão solitário quanto ela.

O rei nada na direção dela.

— Comigo — diz.

Os olhares dos dois se encontram.

— Sério? — pergunta ela, doce.

Ele concorda com a cabeça. E dá mais um passo na direção da bruxa.

— Gostaria de sair comigo um dia, Nelly-Viva? Posso chamar você só de Nelly.

— Nelly está bom — conclui ela. E depois dá uma risadinha.

Sim! Isso vai funcionar! Parabéns para mim! Mas temos que nos apressar.

— Então temos um trato, certo? — pergunto. — Um encontro em troca de desfazer os feitiços? Vocês podem ir ao Salties!

— E se ela machucar o nosso pai? — pergunta ansiosa a sereia mais nova. — Ela é uma bruxa, e ele é tudo que nós temos.

Bem colocado.

— Podemos ficar com alguma coisa como garantia? — pergunta a sereia mais velha, passando os dedos pelo cabelo curto.

Nelly assente na direção do tubarão.

— Podem ficar com Samuel até o fim do encontro. Ele precisa mesmo de uma babá. Come o sofá quando fica sozinho.

Antes comer o sofá do que eu.

— Então — pergunto de novo. — Trato feito?

Ninguém consegue respirar.

Nelly e o rei concordam com a cabeça.

— Fechado — respondem os dois ao mesmo tempo, em seguida riem e coram mais uma vez.

— Vamos apertar as mãos — diz o rei, estendendo a sua.

— Abby — chama Jonah, puxando a manga da minha roupa.

— Um minutinho, Jonah — peço, querendo ver como aquilo vai terminar.

Nelly estende a mão para retribuir o cumprimento do rei.

Esperamos que as mãos balancem no ar, mas eles só ficam de mãos dadas. E continuam assim.

Ainda de mãos dadas.

Então tá.

— Abby — chama Jonah de novo. — Não estou me sentindo bem. Meu peito dói.

Olho no relógio. A poção vai perder o efeito em duas horas! Temos que ir.

— Abby — repete Jonah, e despenca no chão de areia.

Me precipito na direção dele. Mas, antes que eu consiga alcançá-lo, o quarto começa a girar. Sinto uma forte pressão no peito. Como se alguém estivesse sentado em cima de mim. Ou como se eu estivesse embaixo d´água sem conseguir respirar.

Ah, não.

A poção perdeu o efeito antes da hora.

— Jonah! — tento gritar, mas não sai nada.

Todos ao meu redor parecem ficar mais e mais escuros. Até que eu não vejo absolutamente nada.

Capítulo vinte e um

Em terra firme

— Abby, Abby. Você precisa se levantar.

Vejo uma luz. Uma luz muito forte.

Abro meus olhos. Onde estou? O que aconteceu?

Eu me sento e percebo que Lana está agachada ao meu lado.

— Finalmente — diz ela, os olhos desfocados de preocupação. — Como você está se sentindo?

A última coisa de que me lembro: estávamos embaixo d'água. E agora estamos só eu e Lana na praia. Estou tão confusa.

— Como cheguei até aqui?

— Minha família trouxe você, e depois eu te puxei até a praia.

Ainda estou um pouco tonta e desorientada.

Espere um instante. Estou na praia. E Jonah não está. Ah, não. Ah, não, ah, não.

— Onde está meu irmão?

Ela hesita.

— Ele, hummm...

Meu coração para de bater. Ele se afogou. Ele se afogou, e é tudo minha culpa. E eu tinha sido tão cruel com ele hoje. Fui horrível. Ele estava apenas sendo o Jonah engraçado de sempre, e eu gritei com ele. Tento respirar, mas não consigo.

— ... ali está ele — diz Lana.

O quê? Ele está vivo? Fico de pé e o vejo dançando pela praia.

— Jonah! — grito. — Você está vivo!

Jogo os braços ao redor do pescoço dele.

— É claro que estou vivo — diz ele. — Só fui pegar um lanchinho. Estou com muita fome. — Ele está mastigando batatas fritas com mostarda. — Que bom que você finalmente acordou.

Largo o pescoço dele, embora eu não queira.

— Por quanto tempo fiquei apagada?

— Algumas horas.

— O que aconteceu?

— Ou não tomamos poção suficiente ou a receita não estava exatamente certa.

Dou um abraço apertado nele.

— Sinto muito por ter sido má com você.

— Me desculpe por ter deixado todo o trabalho duro com você — pede ele. — Quer uma batata? A mostarda não é tão horrível quanto você imagina.

— É claro — respondo.

— Também quero — diz Lana.

— Que horas são? — questiono saber.

— Quase dez da manhã.

Olho para Lana com surpresa.

— São dez horas, e você continua viva!

Ela concorda com a cabeça.

— Continuo.

— E você pode falar!

Ela concorda com a cabeça de novo.

— Nelly desfez o feitiço. E devolveu minha voz.

— Isso é incrível! — comemoro. — Conseguimos! Consertamos a história! Tudo está de volta ao normal!

— Nem tudo — informa Jonah.

— O que você quer dizer? — pergunto, mastigando mais uma batata. Jonah tem razão. A mostarda não é tão ruim.

Ele gesticula na direção de Lana.

— Ela ainda tem pernas.

Ele está certo. Ela *ainda* tem pernas.

— O que houve? Nelly não deixou você recuperar sua cauda? Ela vai fazer você ficar em terra firme para sempre? Pensei que tínhamos conseguido. Seu pai cancelou o encontro ou algo assim?

Lana balança a cabeça.

— Não, não foi isso. Ela quis devolver minha cauda, mas eu disse que não queria.

Ahn?

— Por quê?

— Eu amo minha família mas não quero voltar para o fundo do mar. Com ou sem o príncipe, aqui é minha casa. E eu amo cada pôr do sol. Amo andar e dançar. E sacos, quero dizer, sapatos. E livros. E pinturas. E vocês já provaram cheeseburguer com mostarda e queijo; aquele queijo tipo americano amarelo? É incrível.

Concordei com a cabeça.

Ela continua:

— E, embora eu tenha a minha voz de volta, agora também tenho outra voz e não quero abrir mão dela.

Não entendo sobre o que ela está falando.

— Você tem uma segunda voz?

— Sim! Graças a voz, eu sei escrever! E isso me deu uma nova voz. Quero ficar em terra firme e escrever histórias sobre o mundo no fundo do oceano. Quero escrever livros sobre sereias e compartilhar essas histórias com os humanos, para que eles não pensem que somos fruto da imaginação coletiva!

— Eu adoraria ler estas histórias! — digo. — Seu pai deixou que você ficasse?

Ela assente.

— Ele disse que vai sentir minha falta, mas também me deu isso aqui. — Ela abre a mão e vejo o anel de diamante, os brincos de esmeralda e o bracelete. — Foram da minha mãe. Ele disse que eu poderia vendê-los para comprar uma casa com um deque bem grande, e assim ele e minhas irmãs podem me visitar sempre.

— Isso é incrível — comemoro, abraçando Lana. — Tudo se resolveu.

— Quase — interfere Jonah. — Ainda precisamos voltar para casa.

Ah, não! Se são quase dez horas aqui, temos só duas horas para voltar e ainda não sabemos como.

— O que vamos fazer? — pergunto.

— Já foi tudo preparado — responde Jonah presunçosamente. — Por mim.

— Mas, Jonah, nós estamos sentados na praia. Não no nosso porão.

— Não por muito tempo — informa ele, e em seguida aponta para a água.

Ao longe vejo as cinco irmãs da Pequena Sereia, Nelly e o rei.

— Ela finalmente acordou! — exclama a sereia mais velha.

— Oi, meninas — grita Lana. Ela sai correndo pela água para abraçar todos eles.

Ohn. Eles estão juntos de novo.

— Carolyn fez mais poção para ficarmos debaixo d'água — avisa Jonah. — Ela fez duas doses, para garantir.

— E como isso pode ajudar? — pergunto. — Nós não vivemos debaixo d'água.

— O caldeirão de Nelly fica embaixo d'água. E ele vai nos levar para casa.

— Mas Nelly não é fada — questiono. — Ou é?

Ele dá de ombros.

— Ela falou que pode fazer isso.

— Ela falou? Você teve que lhe dar algo em troca?

Ele balança a cabeça.

— Ela disse que está retribuindo por termos a apresentado ao rei novamente.

— Ah! — Se eu não for bem-sucedida como juíza, posso trabalhar como cupido profissional. — Quando iremos?

— Agora!

Olho para trás na direção do palácio.

— Devemos nos despedir?

— Eu me despedi em nome de nós dois. Carolyn disse que vai sentir nossa falta. E prometeu ensinar Lana a cozinhar.

— Não se preocupe — disse Lana. — Prometo não cozinhar tubarão.

— E Vivian reuniu nossas coisas e as colocou numa mala.

— Na mala de quem?

— Na sua mala! As sereias devolveram.

— Ah, que ótimo! E o que estava dentro da mala?

— Elas devolveram também. Lana pôs o colar de madrepérolas no seu pescoço enquanto você estava dormindo. Eu tentei fazer isso, mas o fecho é complicado de abrir.

Levei a mão ao pescoço e senti meu colar.

— Obrigada, Jonah. Obrigada, Lana.

— Não precisa agradecer — retruca Lana.

— Dei minhas raquetes de frescobol para as irmãs de Lana — relata Jonah. — Acho que elas gostaram mesmo delas.

— Foi legal da sua parte, Jonah. — Eu me viro para Lana.

Lana pega o copo com a poção, cospe lá dentro e depois entrega a mistura para mim.

— Vou sentir saudades de vocês. Muito obrigada por tudo.

Engulo a poção que ainda tem um gosto horrível e, em seguida, dou um abraço apertado em Lana.

— Suas histórias serão sensacionais.

— Obrigada. Mal posso esperar para escrevê-las.

Jonah dá um abraço nela também.

— Vejo vocês amanhã, pessoal! — diz Lana para a família. — Divirta-se no encontro, papai! Mas não faça nenhum tipo de acordo com ela, tá? Vou sentir a falta de vocês, Abby e Jonah!

Acenamos. Lá vamos nós. Com uma das mãos, eu seguro meu irmão Jonah, e, com a outra, minha mala. Exatamente como foi quando viemos para cá, mas agora estamos com muitas roupas amarelas. Afundo imediatamente.

Às vezes é preciso mergulhar de cabeça.

Dessa vez, quando descemos para o fundo, o mar está repleto de atividade. Sereias e tritões em todos os lugares. Todos ocupados, nadando para lá e para cá. É como se tivéssemos sido jogados no aquário mais agitado do mundo.

Gostaria que tivéssemos mais tempo para explorar. Talvez possamos voltar um dia?

Quando chegamos à casa de Nelly, tudo parece diferente. Talvez porque esteja claro. Ou talvez porque ela deu uma arrumada e se livrou dos esqueletos e outras coisas.

— Obrigada — sussurra Nelly para mim.

Tento não enrijecer o corpo quando ela me abraça.

— Porque nós apresentamos você ao rei novamente? — pergunto.

— Sim. E porque você estava certa. Em vez de mudar minha vida, eu queria que todos ao meu redor se sentissem tão infelizes quanto eu meu sentia. Eu *era* uma covarde.

Abraçamos as irmãs e, então, estamos prontos para ir embora.

— O que precisamos fazer? — pergunto, olhando para o caldeirão borbulhante com certo medo.

— É só mergulhar nele — diz Nelly.

— Não vamos nos queimar?

— Não deveriam.

— Mas eu não entendo — comento. — Pensei que só fadas pudessem nos levar de volta para casa.

— Eu *sou* uma fada — afirma ela.

Ahn?

— Pensamos que você era uma bruxa — diz Jonah.

— Bruxa é uma fada que faz maldades — acrescenta ela. — Entende? Depende de como a mágica é usada.

Aha. Faz sentido. Olho para o caldeirão de novo.

— Não cabemos os dois aí — aviso. Não ao mesmo tempo, pelo menos.

— Eu vou primeiro — diz Jonah.

— Não vou deixar que você vá sozinho! — acrescento.

— Então segure no meu pé.

— Tá — concordo. Seguro seu tênis molhado com uma das mãos, e ainda tenho a mala na outra. — Pronto? — pergunto.

— Pronto! — exclama ele. — Segure firme!

Ele nada, nada e nada na direção do caldeirão. É apertado, mas não sinto dor. Fecho os olhos e acredito que Jonah nos levará para casa.

Capítulo vinte e dois

Secos, de novo

Quando percebo, estou sobre uma poça imensa no chão do porão de casa, ainda segurando o pé de Jonah. Escorregamos por metade do chão, como num escorrega.

— Muito bem. — Ouço.

— Você também — dizemos ao mesmo tempo.

— Eu não falei aquilo — retrucou. Sinto um arrepio na coluna. — Não foi você?

Ele balança a cabeça.

— Mas, Jonah, se não fui eu e se não foi você... — Olho na direção do espelho. Ainda está rodopiando. — Maryrose? Foi você?

Ela não responde. Mas só pode ter sido ela! Só pode! Ela falou conosco! Finalmente ela falou conosco! E disse "muito bem"!

O que "muito bem" quer dizer?

— Nós deveríamos ter mudado a história? Era isso? — pergunto ao espelho. — Você tem um plano para nós?

Ela ainda não responde.

Olho no relógio.

— Faltam quatro minutos para as sete.

— Precisamos correr!

Ele está certo. Nossos pais vão levantar para nos acordar a qualquer instante. Eu me viro para o espelho.

— Tenho muitas perguntas para você — digo. — E, da próxima vez, gostaria muito que pudesse me responder.

Deixo a mala molhada lá embaixo porque está ensopada e ridiculamente pesada. Cruzo os dedos e espero ter a chance de resgatá-la antes que meus pais a encontrem.

Corremos pelas escadas. Quando chegamos ao térreo, ouço o alarme dos meus pais.

— Corre! Corre! — sussurro para Jonah. — Vista o pijama, esconda as roupas molhadas no fundo do armário e deite na cama! Te amo! Estou feliz por não ter se afogado!

— Também te amo! — devolve Jonah, quando dá uma arrancada na direção do quarto. — Também estou feliz por você não ter se afogado!

Nossas portas se fecham assim que ouço a porta do quarto dos meus pais se abrindo. Ah, não! Ah, não! Ah, não! Arranco minhas roupas e procuro um pijama limpo, mas lembro que não tenho mais nenhum. Me escondo sob as cobertas, puxando-as até o pescoço, quando a maçaneta começa a virar.

Meio segundo depois, a porta se abre.

— Bom dia, querida — diz minha mãe. — Hora de acordar.

Finjo que dou uma bocejada.

— Obrigada, mãe!

Ouço um barulhão. Veio do quarto de Jonah. Mamãe olha intrigada para a mesma direção. Ah, não! Ele ainda não está pronto. Preciso distraí-la! O que eu faço?

— Espere! Mãe?

Ela se encosta na porta.

— Sim, querida?

— Quero conversar com você sobre uma coisa.

— Sim? — pergunta ela, na expectativa.

A princípio não tenho ideia do que eu quero dizer, mas então, de repente, já sei.

Vejo minha caixinha de joias na cômoda e penso em Lana. Eu queria que ela aceitasse a vida que tinha, mas ela preferiu lutar por seus sonhos. É claro que às vezes temos que aceitar as coisas como elas são. Mas, às vezes, é preciso seguir o coração e ir atrás do que realmente se quer. Se arriscar. Ser corajoso.

Acho que crescer também é saber quando escolher o quê.

— Mãe — começo. — Sei que você está muito ocupada. Entendo. Mas acho que tenho idade suficiente para ir para Chicago sozinha. Tem um serviço para crianças que voam sozinhas, chamam de MD, Menores Desacompanhados. Não! Menores Não Identificados? Não...

— Menores Desacompanhados — grita Jonah do seu quarto.

— Obrigada! — grito de volta. Jonah me disse que o amigo dele, Isaac, pega avião sozinho para visitar o pai, e ele só tem 7 anos. Posso fazer o mesmo para visitar a vovó?

— Ah, querida! Sozinha? Você tem certeza de que está pronta para isso?

Eu concordo com a cabeça. Se posso nadar no fundo do oceano, definitivamente posso me virar em um aeroporto. Não revelo essa parte para minha mãe.

— Você não teria medo?

— Talvez — digo. — Mas ter um pouquinho de medo é válido para poder ver minha avó.

Minha mãe suspira.

— Então... eu não conheço muito sobre esse serviço para menores desacompanhados, mas parece uma possibilidade. Vou dar uma olhada, tudo bem?

— Obrigada, mãe. Eu posso fazer isso. Juro pra você.

— Não tenho dúvida de que é capaz — diz ela suavemente. Então inspira longamente. — Você está com um cheiro delicioso. Cheiro de praia.

Começo a rir. Não consigo evitar.

Ela me olha intrigada.

— E você está bronzeada?

— Hum, não — respondo. — É a luz.

Ela concorda com a cabeça e despenteia meu cabelo.

— Talvez quando esse trabalho terminar, possamos ir para a Flórida por uma semana.

— Eu acho bom — digo. Talvez ela se pergunte onde conseguimos nossas novas roupas de banho.

— Ei, querida, por que você está sem pijama?

— Ah... hum... — Tento me lembrar da história de *A roupa nova do imperador*. Se eu disser para minha mãe que na verdade estou usando um pijama, ela vai fingir que acredita? Provavelmente não. — Estão muito apertados — falo, num instante de inspiração repentina. — Preciso de um novo. Sou uma moça, sabe como é.

— Ah, eu sei — concorda ela, e sorri. — Vou levar você para fazer compras. Agora vá se vestir e em seguida desça para o café da manhã, tá? É hora de ir para a escola.

Eu assinto. Embora eu esteja cansada, estou animada para encontrar Frankie e Robbie. Gostaria de poder lhes contar o que tinha acontecido, mas acho que não posso contar nada a ninguém.

Hummm. Não podemos contar a ninguém ou não podemos contar para nossos pais apenas?

Será que posso trazer Frankie e Robbie conosco da próxima vez? O espelho deixaria que entrassem?

Assim que minha mãe sai, pulo da cama e pego minha caixinha de joias.

Lana não é mais sereia. No lugar da cauda, ela tem pernas. Ela está deitada de bruços, apoiada nos cotovelos, usando um vestido de verão amarelo e sandálias de tira. E está escrevendo em um caderno.

Ela é uma escritora de verdade! Ieiii!

Fico pensando se ela encontrou um príncipe que valesse a pena. Ou talvez um surfista. Penso se a encontrarei de novo. E para onde o espelho vai me levar da próxima vez.

Analiso os demais personagens da caixinha. Eu sempre quis conhecer a Bela Adormecida. E a Rapunzel. E aquele tapete voador parece ser muito divertido. Terei que esperar só mais um pouquinho.

Estou pronta, Maryrose. Para respostas. Para aventuras. Para nossa próxima experiência. Seja ela qual for.

Agradecimentos

Obrigada aos meus agentes maravilhosos, editores, primeiros leitores e amigos: Laura Dail, Tamar Rydzinski, Brian Lipson, Aimee Friedman, Abby McAden, David Levithan, Becky Shapiro, Becky Amsel, Bess Braswell, Allison Singer, Janet Robbins, Elizabeth Parisi, Lizette Serrano, Emily Heddleson, Candace Greene, AnnMarie Anderson, Courtney Shienmel, Emily Bender, Anne Heltzel, Lauren Myracle, E. Lockhart, Tori, Carly e Carol Adams, Avery e Whitney Carmichael, Targia Clarke, Jess Braun, Lauren Kisilevsky, Bonnie Altro, Susan Finkelberg-Sohmer, Corinne e Michael Bilerman, Debbie Korb, Joanna Steinberg, Casey Klurfeld, Jess Rothenberg, Adele Griffin, Leslie Margolis, Robin Wasserman, Maryrose Wood, Tara Altebrando, Sara Zarr, Ally Carter, Jennifer Barnes, Alan Gratz, Penny Fransblow, Maggie Marr e Farrin Jacobs.

Com amor e agradecimentos a minha família: Aviva, mamãe, Robert, papai, Louisa, Gary, Lori, Sloane, Isaac,

Vickie, John, Gary, Darren, Ryan, Jack, Jen, Teri, Briana, Michael, David, Patsy, Murray, Maggie e Jenny. Amor extra e agradecimento extra e muitos e muitos beijos para Chloe, Anabelle e Todd.

Este livro foi composto na tipologia ITC Berkeley
Oldstyle Std Medium, em corpo 11,5/16, e
impresso em papel off-white no Sistema Cameron
da Divisão Gráfica da Distribuidora Record.